你不能和所有人分享你的秘密，
因为你知道不是每一个人都懂你，
就像开心说太多就变得平淡，
难过说太多就让人厌烦，
你藏在心中最深的，
只是想留给未来的某个时刻，
成为最懂你的那个人的礼物。

想和你说很多的故事，
最后却发现你成了我的故事。

P

不知如何遗忘，那就铭记于心。
要相信，
多年前的遗憾，
会成为多年后的庆幸。

周宏翔 著

我就喜欢
不那么好的你

Addicted

to

Imperfect You

目录

Addicted

to

Imperfect You

你是我孤单的时候那颗闪亮的星 < *PART 03*

为什么越走越远越想你 < *PART 04*

自序
我就喜欢不那么好的你

Addicted

to

Imperfect You

我和阿喜那一年住在浦东，三十平方米的小房子里，开门是厨房，卧室和客饭厅连在一起，有个可以晾衣服的小阳台，厕所的莲蓬头总是滴着水。

我们在这样的房子里忍受了一年多，现在回想起来，那一年的回忆是葱葱郁郁的夏天，我从花市搬回来一个花架，那是我买了吊兰、薄荷和几盆多肉后，老板折扣处理给我的二手货。当时阿喜很惊讶，说，风一吹过来，就会有草木的清香。

阿喜会在下班的时候到附近的菜市场买菜，身上永远只带二十来块，和几个上海老阿姨砍价，然后为六块钱买了一条鱼而开心，但是烧出来的鱼却有一股糊味儿。

阿喜总是揽下晚餐的活儿，拿手菜永远清一色——西红柿炒蛋、花椰菜、青椒炒肉丝，这三道菜，是我回忆阿喜时记忆最深刻的部分。

我当时说，如果有一天你多做一个菜，我可能会开心很多年。

后来阿喜为了“开发”新菜，照着食谱，弄错了步骤，手忙脚乱差点把厨房烧起来。

那时候我很忙，下班回来吃过饭，我总是说我来洗碗，但是每次吃饱喝足，我靠在床上，总是三分钟就进入梦乡。早上起来的时候，我的衣服都放在床边，整齐地叠好了，阿喜已经在厨房煮好了两个蛋。

阿喜帮我充好公交卡，但是我总是因为睡不醒而不得不打车，阿喜估算的一个月的开销，我总是一个星期就会超过。

后来阿喜去帮我办了一张银行卡，让我每个月往里面存2000元，零存整取，谁取谁小狗。

当时我看着那张卡，站在浦电路的路口哧哧地笑。我说，一个月存2000，一年也就24000。

阿喜说，一年24000，还有2000的利息，多存两年，好歹能攒出个回家付首付的钱。

自从工作后，我开始特别不喜欢交朋友，对于社交几乎不会过于热衷。阿喜会带我见见她身边的人，主动地把我推向她的朋友。

在那个过程里，阿喜总是坐在一边看着我尴尬地和她的朋友打招呼，有一次我为了这个事情和她大吵了一架，阿喜不知道她哪里错了，站在路边委屈地看着我，我走了几步路，见她还在原地发呆，折返回去，说，我们回家吧，她就立马破涕而笑起来。

家里的洗衣机坏了，每次一用，楼下的大叔就会上楼来敲门，让我去他家里帮他拖地。后来我们洗衣服，阿喜总是把水管从下水道里拖出来，用一个桶接着，接满一桶水，她就按一下暂停，提着水去厕所倒掉，再回来，插好管子，按一下启动。

因为水一满上来，管子就会浮到水面上，阿喜总是担心这个，就干脆拿个小板凳在边上坐着，用手按着水管不让它动。

我笑阿喜傻，从柜子里拿出一个晾衣服的大夹子，把水管夹在水桶边上。阿喜看着我，说，你真的好聪明。

我说，人之所以比动物高明，就是会用工具。阿喜听不出我在说她笨，还笑嘻嘻地说，是啊是啊。

阿喜的品位很差，每次逛街，她都不会挑衣服，举着一件三五年前的款式，欢快地跑过来问我好不好看。我说不好看，太丑了，她又蹦跳着过去换另一件来给我看。

有一次我生日，她从网上帮我买了一个BALLY的包，当我打开的时候，顿时笑了出来。我说，我可以五十岁的时候再用，阿喜就兴奋地说，那也挺好的呀。

冬天的时候，阿喜的嘴唇很干，我给她买了一只唇膏，只是为了好玩，我没有买普通的样式，而是蛋状的新款。

阿喜拿着很新奇，问我怎么用。我说你嘴唇太干了，要先舔一舔，再涂。结果阿喜就用舌头舔了舔唇膏，我当场笑出声来。

阿喜有脸盲症，总是分不清白百合和王珞丹，张震和秦昊，刘亦菲和黄圣依，她会很困惑地问我，为什么他们都长得一个样。后来我放了一段TFBOYS的歌给她听，她说这三个小孩都很可爱，但是不管我说多少遍，她都分不清他们谁是谁。

阿喜问我为什么不写东西了，我说我写不出来了。

阿喜把我的书从网上买回来，一字一句勾画着看，看完了，阿喜说，你写得很好，我觉得你不要上班了，好好写东西。

我说不上班哪儿来的钱啊，你养我啊？

阿喜说，可以啊，其实养你也不需要很多钱。

我说对哦，西红柿炒蛋、花椰菜、青椒炒肉丝，确实也不需要很多钱。

阿喜说，你喜欢，我可以一直做给你吃啊。

以至于后来看《北京遇上西雅图》的时候，汤唯做菜给吴秀波吃，西红柿炒蛋，那个桥段每每让我一想起来，就不自觉想起阿喜。

但是我只当阿喜开玩笑，却根本没有提起笔。

有一天晚上我牙疼，感觉喝口水都会疼出泪来，我打电话给她，她正因为好朋友乔迁在对方家里做客，接到我电话的时候，我嘟嘟囔囔说不出话来，她二话不说就从朋友家里赶回来，开门见我在地上打滚，就从厨房里拿出一瓶白酒，撒上盐，搅拌了让我喝。

我说你要害死我，她说这是老家的偏方。后来牙真的不那么疼了，她又陪我四处去找医院，只是夜里根本没有牙医，来来回回，最后我们只有站在夜风习习的路边看着彼此。

那会儿其实我的牙已经不疼了，但还一直捂着嘴。

阿喜说帮我轻轻揉揉，我说，你今晚让我挺感动的。刚说完，她就激动地用了力，我一叫唤，她就着急，最后差点哭出来。

我说，你别哭了，我都是骗你的。

她看着我，认真地说，你不要为了让我不担心，故意这样说来骗我开心。

阿喜不知道我真的骗了她，她还这么单纯地想我的好。

跨年的那天，我和阿喜挤在外滩的人群里，一直紧紧牵着手，可是最后还是被人群挤散了。

那天晚上，发生了不好的事情，现场乱成了一片，当时我惊慌失措一直叫着她的名字，但是人太多，根本没人能听到我的声音。

后来警察来了，人群渐渐疏散了，我看见阿喜站在马路对面的路灯下，哭红了双眼。她看见我，号啕大哭，说她刚刚刨开好多人，差一点就被踩在了下面，她真担心看不见我了，我一下就抱住了她。

可是，我和阿喜最终还是没有在一起。

第二年的夏天，我辞职了，不得不离开上海。离开的那天，阿喜帮我收拾好了行李，站在门口，和我说再见。

阿喜没有去送我，她含着眼泪，让我一路平安。

我坐在出租车里，幻想着阿喜会追过来，挽留我，但是阿喜却根本没有出现。直到我上了飞机，我都不敢相信，我和阿喜还是分开了。

离开阿喜之后，我又开始重新写东西，想起阿喜陪伴我的那些点点滴滴，以及她那些不那么好的“缺点”。

那个时候，我每天在公众号上写一篇故事，每个故事都是想着和阿喜在上海的点点滴滴而来的。

但是我每次分享到朋友圈里，阿喜一次也没有点过赞，更别说留言了。

有一天，我在一所大学做演讲，有一个小姑娘举手问我，说，你这么优秀，是不是对喜欢的人要求也很高?

当时我说，其实我并没有那么优秀，而且，即使是优秀的人，也不会对喜欢的人要求很高，因为爱情根本不存在势均力敌，恰恰相反的是，我们爱对方的时候，就是爱着对方不好的样子。

如今说起阿喜来，缺点永远比优点多，但是不知道为什么，时间越久，我越是记不住她的那些优点，反而心心念念着她的缺点来。

当我写完这本书里的这些故事的时候，突然想对阿喜说，笨拙傻愣的你，我喜欢；毫无斗志的你，我也喜欢；感觉迟钝的你，我也喜欢；即使厨艺总是很糟糕的你，我还是一样喜欢。

原本这本书取名叫《两个人不等于我们》，但后来我觉得，应该叫《我就喜欢不那么好的你》。

或许就像一个读者说的，爱情就是把自己完全的爱交给不完全的人，所以正是因为你的不美好，让我觉得那么喜欢你。

PART 01 >
你可以生活得很精致

Addicted

to

Imperfect You

陪你从校服穿到婚纱

前天晚上，流苏把我加到一个微信群里，突然看到了很多以前混博客的朋友，一分钟之内跳了四十几条信息，打开一看，我才知道，流苏第二天要举行婚礼。流苏还是当年那温柔可人的声音，说："把大家拉到这个群里，是想让天南地北不能参加婚礼的朋友可以看见现场直播。"她放上了她和爱人的照片，有那么一瞬间，我觉得他们还是多年前的学生模样，而下一秒，他们即将变得不同。

张先生之于流苏，是一段没有办法平淡记叙的传奇。在很多人看来，甜蜜的爱情是转瞬即逝的温度，时过境迁，留下的多半是带着遗憾的回忆，但对于流苏而言，张先生的出现无疑改写了她对爱情一贯的认知。那些所谓的男人是沉默的大多数，可能并不是不负责任的推辞，曾几何时，流苏也曾怀疑过深爱的人，然而随着时间的推移，那些真实的感情并不会被洪流所淹没。

流苏认识张先生的那一年，张先生正处于意志消沉对感情不太信任的状态。回头来说，流苏讲："当时还是因为好多朋友说他和你很像，我才去他校内关注的——对，那时候人人还不叫人人，叫校内——在校内很轻易就能查到和你一所学校的人。"我有些疑惑地问："像我？"流苏说："对，文静而有才华，感觉非常相似。"

那是流苏高三快要毕业的时候，张先生已经在无锡念大一，因为张先生也是安庆中学毕业的，于是流苏以学妹的身份给他留了言。流苏没有想到的是，张先生很快就回复了自己的留言，而流苏就顺势回了过去，一来二去，从爱好到生活，流苏发现张先生是一个非常有内涵的人。起初单单是因为对张先生的文艺气质的崇敬，而并未想过这一场爱情是从根本不靠谱的网恋开始的。

"就是那个时候，他正巧过年回家，我正在紧张的高三备考期，他发信息给我，问我是否有时间，我跷掉了晚自习跑到公园和他见面，那是第一次，我为了一个男生这样做，现在想来还是觉得很疯狂，明明知道当时是非常时期，但我依旧放弃了一堂随堂测试。"

穿着校服的她急急忙忙地跑到公园和张先生碰面，张先生说："就这么出来，没问题吧？"流苏摇头，说："偶尔一次，没事。"流苏注意到张先生并不是很开心，也或许是第一次见面，她也尽量在交谈中保持着和网络交流时的一致性。她记得张先生当时温柔的目光就像是流动的霓虹灯，在深夜的时候，格外迷人。

当夜他们聊了很久，聊到跳广场舞的大妈纷纷回家，聊到大店小店关门打烊，聊到公交车末班车也收班了。流苏说，现在想来，那时候大部分都是自己在说话，而张先生只是非常温柔地点头。流苏说学习压力很大，张先生说，很快就熬过去了，而当流苏试探性的一句"你恋爱了吗"问出口的时候，流苏内心小鹿乱撞，手心握出了汗，张先生迟疑了片刻，淡淡地道："有的，不过……刚分开了。"

在回家的路上，张先生简单地讲述了自己的感情，高中时期在一起的女友，因为大学学校不同而各奔东西，之后张先生也没有意识到自己的木讷让原本远距离的恋爱雪上加霜，女友抱怨张先生不懂体贴，张先生权当她开玩笑，假期乘车去女友学校看她，她才拿出和另一个男生的照片告诉张先生，自己已经另有所属了。张先生对这件事情耿耿于怀，于是，他很长时间不太清楚感情到底是怎么一回事儿。流苏听到最后，突然叹了一口气，对张先生说："开心点吧，其实也不是很难的事情，对吧？”

那次之后，流苏开始奋力冲刺，最后考上了南京的大学，她没有想过自己和张先生还会有什么交集，可能也是大部分人所谓的“见光死”，真正见面之后反而没有了网络上的神秘感，而流苏到南京之后，也很少再去想张先生的事。

流苏给张先生发过很多信息，但张先生基本不会回复，有时候打电话过去，也是简单几句“哦”“哦”，便挂了电话。流苏在一个不合时宜的时候问他：“你是不是还惦记着你的前女友？”张先生没有回复，流苏也有些生气，认为张先生不过是玩弄自己，而每当这个时候，张先生又会发一些关心的话过来，让流苏觉得他在暗示自己别放弃。

流苏生日的那天，对着镜子拍了一张穿着哆啦A梦睡衣的照片发给他，大概过了十二点，张先生说：“我心中某些阴影已经被一只哆啦A梦渐渐取代了。”流苏的手停在键盘上，她不知道张先生为什么要这么说，然而张先生却没有再进一步说别的话。

很久之后的某一天夜里，张先生突然在校内上给她留言，问她最近可好。那时候流苏正和大部分女同胞（其实也是网络上认识的好朋友）策划国庆去青岛度假，流苏也不知道当时为什么会鬼使神差地问了张先生一句：“不如，你也来吧。”当然，问出这句话之后，流苏倒有些后悔，这样的邀约很可能会遭到拒绝，但张先生突然说起自己有个表妹也在青岛，到时候可以去那边住，趁机也能见面。流苏应好，可很快得知张先生的表妹国庆要回家（事实上后来接触才知道那个表妹同他的关系确实不好），原本的希望落空，流苏只道没关系，下次好了。而这时张先生突然发来一长串的数字，他说："我身份证，帮我订张票。"

那一刻，流苏望着屏幕发呆，甚至不知道接下来应该说什么话，而那长时间的沉默中，张先生也在安静地等待。

"要说欣喜若狂其实没有，但是内心最柔软的地方好像突然被捏了一把，到现在，我依旧觉得那一串数字是最美的情话。"

后来张先生来南京和流苏会和，然后一起去了青岛，一路上，张先生都没有说太多话，流苏只和他分享了一只耳机，而流苏却说了很多话。直到见到那些朋友，张先生都表现得特别拘谨。到青岛的那天是张先生的生日，流苏唆使好友偷偷买了蛋糕，他们最终在一家别墅入住，推开门的时候，满屋的蜡烛让张先生愣住了。流苏第一次唱生日快乐歌唱到紧张得吐词不清，张先生露出傻傻的笑，让流苏特别满足。几个朋友为了撮合流苏和张先生，刻意给他们留了一个房间，而这时候，张先生却说："我睡客厅吧。"

“说实话，当时，我并不是很在意他和不和我住一个房间，而是觉得，这种话应该女生先提出来吧，于是那一晚上，我都没有睡好。”

夜里，流苏下楼，看见张先生还没睡，他穿着睡衣坐在沙发上，见流苏下来，投以一个温柔的笑。张先生说：“谢谢，这是我这么多年，第一次有人给我过生日。”流苏诧异地看着他：“你爸妈呢？”张先生来自重组家庭，上面有三个哥哥，平时基本上不怎么受到家里的重视，即使是以前，也觉得生日无非是普通的一天。流苏突然想到自己从小到大的岁月，几乎总是被捧在手心里的，得到的惊喜和感动已经日趋平常了。流苏注意到张先生的眼角，比想象中要动容，流苏问张先生要不要去看看海，张先生点了点头。

那天夜里，他们坐在海边，张先生问流苏有什么打算，流苏说好好念书好好工作嫁个好人。张先生问：“那什么样的人是好人呢？”流苏忍住没有说，只是反问道：“那么你呢，你想要的未来是什么样呢？”那个时候，海面上好像有灯，光正好照到他们俩身上，张先生伸手抓住了流苏的手，牵着她起来，说：“就是安静地和自己心爱的人散步，走到世界的尽头。”

流苏和张先生的恋爱开始得不温不火，甚至在流苏看来，他们的恋爱更多时候都是自己单方面地付出。因为一个在南京，一个在无锡，即使车程并不远，但流苏和张先生也并不是常常见面，有时候流苏打电话过去，张先生还是和往常一样“哦”“哦”地低声答应，却很少和流苏讲自己的事情，可是那时候，流苏认为这样的沉默或许是张先生表达爱的一种方式。

大学的时光匆匆而过，转眼就是毕业季，张先生通过努力，在无锡一家广告公司就职，被录用的当天，张先生给流苏打了一通电话，他兴奋地叫了两声，然后说：“从今天起，我终于可以养你了！”流苏在电话的这头，眼泪不觉就流了下来，流苏说：“我可是很贵的！”张先生说：“你不仅是贵，简直是无价！”

可是问题很快就来了，在南京毕业的流苏很快也找到了工作，大部分时间，他们都消耗在了为彼此奔波的路途之中，在繁忙的工作后，还要在休息日大费周章地跑去对方的城市。已经维持了三年的异地恋，让流苏异常疲惫，流苏知道，异地恋不是长久之计。那时候张先生有稳定的工作，而流苏才刚刚进公司实习，虽然南京的房价已经足够高，但流苏所有的好朋友都在南京，一时间放弃，她也很难做到。几次商量中，双方都希望对方能够到自己的城市来，流苏意识到，无锡对张先生来说是一个熟悉到不能再熟悉的地方，可是对自己而言，陌生到让人恐惧，如果放弃一切，最后却没有获得理想中的未来，自己会不会一无所有？

流苏失眠了很长一段时间，当时他们的话题也总是在这个点上戛然而止。有一天晚上，流苏哭着给张先生打了一通电话，她说，要去无锡，真的很难，我承认我自私，或许你应该找一个和你在一个城市的女生。张先生一直在电话那头沉默，和往常一样，发不出声，几分钟后，张先生简单地说了两个字："我来。"

流苏彻头彻尾地哭泣过很多次，但是这一次，她是真的没有办法让内心平静下来。春节之后，张先生就辞掉了无锡的工作，拖着一个行李箱赶到南京。

"当时我问他，真的没问题吗？他当时笑着摸我的头说，没事，我也想换个环境，休息一下也挺好。其实我知道他根本不是那种喜欢动荡的人，他就喜欢安安稳稳地工作。那时候我们租了一个小房子，他压力非常大，有时候我买菜回家做饭，他也吃不了多少。他当时每天投简历面试找工作，整个人憔悴了很多，我也怀疑我当时的任性是不是害了他。"

张先生找到工作的那天，飞奔到流苏公司楼下，等她下班之后，把她抱起来转圈，流苏说："好了好了，这下不用担心啦！"

谁知张先生讲：“我不是担心找不到好工作，我只是担心不能好好养你。”

周末的时候，他们去宠物店买了一只刚出生的狗狗，跟着张先生姓。张先生说：“虽然我们现在还没有宝宝，但是我们有狗狗，它代替我在无聊的时候陪着你。”那时候流苏压力非常大，工作也非常不顺心，张先生晚上抱着流苏说：“你把工作辞了吧，做点想做的事，你不是还喜欢写东西吗？不如就好好写东西吧。”流苏摇头，她当然不能把压力全部加给张先生，她明知道写东西赚钱特别不稳定。几天后，张先生拿出一张存折，说：“这里有一部分钱，是我大学存的，你看看能不能做什么，我不想你不开心。”

流苏就是在那个时候开始开的网店，一开始并不如想象中顺利，她总是开着小车去批发市场挑选衣服，然后和那些老板唇枪舌剑地还价，能卖出去一两件，她就会开心地笑出花儿来，张先生说：“慢慢来，别着急。”

半年之后，流苏的店有了起色，生意越来越好，她一边给店里的商品配故事，一边和客户交朋友。张先生也越来越忙，两个人能见到彼此的时间又少了。流苏常常在家做好饭，而张先生却因为应酬不能回家，有时候加班到凌晨，回到家，流苏和狗狗都睡了。因为邮寄的东西多，家里到处堆放着快递单和纸盒，多的时候，连开门都成问题，看着杂乱一片的屋子，张先生总是有些不悦地皱眉，却没有说什么。但是彼此不觉就发生争吵，有时候一发不可收拾。

矛盾就是这个时候发生的，流苏也记不起来当时具体因为什么吵起来的，但是确实到了摔东西的地步，流苏给了张先生一巴掌，张先生还是沉默，她打包好所有的东西，当天晚上就离开了家。

流苏的眼睛一直没有离开过手机，但是，张先生却没有打过来，连一条信息也没有。流苏躲在闺密家里，基本上睡不着，眼泪一直落，闺密说，要是渣男，就抛弃算了。

流苏开始自己找房子，与其和一个不了解自己的人凑合过，还不如打碎牙齿含血往肚里吞。

三天后，张先生找到闺密家，闺密最终为张先生开了门。流苏看见他就一肚子气，扔东西，踢他骂他，张先生一动不动地站在那里，像个雕塑。流苏开始控诉，这段恋爱，从头到尾，都是自己在那里唱独角戏，张先生除了跟木头一样，永远都不会站出来解决问题。张先生握住流苏的肩膀，说："今天我的沉默和往常不同，今天我就是站在这里等你发泄，等你骂我，我不想你带着一肚子委屈离家出走，那我会很内疚。"

流苏摆脱了张先生，说：“我们分手吧，真的，我累了。”

张先生没有说话，一直到傍晚，他跪了一下午，流苏也没有动容。他起身的时候，脚有些麻，差点摔在地上，他说：“你不要哭了，真的。”然后离开了闺密的家。

从那天开始，流苏开始恢复单身，重新开始新的生活，依旧忙碌地管理着她的小店，甚至想彻底忘记张先生这个人。而这时，张先生开始每天早上来敲门，送上一份流苏最爱的早餐。他上班的地方实际和流苏所住的地方是反方向，但是，他依旧很早起床，去买早餐，然后骑单车送过来。

“你不必这样，真的，你现在是自由的，你可以去找一个更好的女朋友，我也是，我们不要再为了彼此拘泥于回忆。”

张先生不说话，递了早餐就走，一天，两天，三天……一下子就过去了一个月，流苏意识到问题的严重性，她终于决定和张先生说清楚。

“我们现在只是普通朋友。”

张先生摇摇头：“以前是你追我，现在换我追你，我不会放你走的，当年放弃无锡过来南京，我就是这辈子要娶你过门的。”

流苏咬着油条喝着豆浆，突然回想起张先生笃定的目光，内心无比复杂。

张先生开始邀请流苏出去看电影、逛街，好像回归情侣最初的阶段，但流苏依旧告诉自己，他们现在的状态很好，如果回去，就会变得狼狈不堪，他们的感情抵不过生活的折磨。

圣诞节的那天夜里，张先生握着流苏的手说：“和我回去吧？”

“去哪里？”

“狗狗和我都很想你。”

“我怕，我怕我一回去，我们就会变成以前那样。”

“但是，你不回去，怎么能真正体会到我的改变呢？我做出的每一分努力，就是为了让你有一天能和我生活，不是吗？”

流苏和我说：“或许就是这一句话，在圣诞夜的那晚，我真切地感受到了他的用心，他就像多年前牵着我在青岛海边走的时候一样，让我特别安心。”

流苏和张先生换了一间更大的屋子，彼此也开始包容起对方。用流苏的话来说，张先生真的变了，他不再那么沉默，有时候也知道弄一点惊喜让流苏开心。原本看起来，事情都在往好的方向发展，但某一天晚上，流苏因为心情不好，和张先生斗起嘴来，张先生没有理她，她就更加气愤，最后，张先生摔了门跑了出去。

“我当时想，我们完了，根本不可能真正像我们想象中那么和谐，我就知道，最终还是会变成这个样子，真的糟透了。”

张先生出走的时候，流苏快速地打好了包，她只要拖着行李箱出去，就再也不会回来了。这时候，狗狗过来舔她的脚，她开始坐在沙发上发呆，她意识到，这些日子，张先生真的在一点一点地改变，为什么自己就不能相信他呢?

流苏把收好的东西放回了柜子里，给张先生打了一通电话，张先生没有接，流苏就发信息和他说，我在楼下等你，你不回来，我就一直等。

南京那夜特别冷，前一天刚刚下过雪，流苏站在楼下跺脚，她迎着风看着路口，幻想着张先生回来的样子，直到天快亮了，流苏冻得浑身无力，张先生才慢慢走回来。流苏原本想跑过去，结果就这样倒在了地上。

张先生一边骂流苏一边哭，那一刻他以为自己会失去她。流苏的头特别烫，最后她趴在张先生耳边讲：“我们以后吵架，都不要离家出走了，好不好？”

张先生猛点头，流苏就闭着眼睡了。

“要说我们之间最无厘头的事情，应该就是去年端午的早上，我记得我还在睡觉，他突然把我叫起来，说，穿衣服，快。我睡眼惺忪，还没搞清楚状况，迷迷糊糊地问去哪儿啊？他说，去车站。我疑惑地望着他，去车站干吗啊？他说，办证得排队的。”

流苏幻想过无数次张先生单膝下跪和自己求婚的情景，虽然她不奢求有什么特别华丽的场景，但至少有一次出人意料的安排，然而，什么都没有，张先生穿好衣服，说完那句话的时候，流苏就这样傻傻地答应了。

张先生说：“我们是安庆人，结婚这回事儿，还是要回家让父母做证。”那天他们从南京坐车回安庆，一路上，张先生都在笑，流苏整个人还在云里雾里的状态，直到拍完照，到最后拿到证，流苏都觉得一切来得太快了。

“虽然，我已经认识到，我这辈子非他不嫁，但是，现在回头想想，一切真的太无厘头了。”

拿到结婚证之后的张先生，变得更加体贴和有责任心，他开始越来越融洽地接受流苏身边的人和事，慢慢地由被动变成主导。

情人节的那天晚上，张先生和流苏都没有出去，他们在家吃了一顿甜蜜的晚餐，然后流苏趴到床上看书，就是这个时候，张先生突然关掉了房间的灯，然后点燃了蜡烛，他跪在床上，对着流苏说："我们，结婚吧。"

张先生和流苏的婚礼，我最终没有去参加，在微信群里，我得知的是，张先生花了很大的心思筹备这次婚礼，他将整个会场做成了电影院式的观礼仪式，每一位嘉宾的入场券，都是打上编码的电影票。他在大屏幕上播放了他做的动画电影，那部关于流苏和张先生的故事，他说："我最爱的一个人，我爱了她七年，七年后的今天，我终于陪她从校服穿到了婚纱。"

我在微信里听到的结婚进行曲，比以往都要不同，因为张先生自己找来了吉他，边弹边唱完了它。

所有的不开心都是要收费的

我曾有过一段非常不开心的时光，或许是因为工作，或许是因为感情，又或许是些微不足道的小事，但总归打不起精神来，在办公室如坐针毡，走在路上也觉得愁云惨淡，根本没有任何心思看完一部剧，甚至连早上起床也会觉得非常生气，质疑生活，也质疑自己。

那时候我住在古北，周围都是日本人，上下楼，时时刻刻听到他们用日语问好道别，当时我所在的公司在徐汇，不远，地铁可以直达，从水城路到徐家汇，不过二十来分钟，所以我上班从来不匆忙。隔壁的日本男人总是西装革履地提着公文包出门，看见我会情不自禁地说一声："哦哈哟（日语谐音，早上好的意思）。"他笑得很诚恳，但是我总是苦大仇深地看着他，甚至连一点回应也没有，到第二天，他突然改说起了蹩脚的中文，向我问好。

“早伤（上）好。”

“你好。”虽然我还是要死不活的，但是确实被他的热情感染到了，不得不回应一句。

就这样，我们成了早上问候对方的朋友，有时候下班回家也会遇见，他说他叫藤井，我说我只知道藤井树，在岩井俊二的电影里，是柏原崇演的。或许他没听太懂，但是就一直笑，然后点头说，是呀是呀。我想你都没听懂，摇头晃脑地答应个啥，但是出于对国际友人的尊重和保持中国人应有的素质，我没有揭穿他。

有一天他来敲门，说：“我太太和我，吃饭，和你，想。”

虽然这语序实在有点怪异，但是我想我听懂了，当时我已经烧好水在泡方便面，原本想就此拒绝，但看着他恳求的眼神，我硬是把拒绝的话咽了下去。

踏进他们家的瞬间，我突然不知道该把脚往哪里放，整个屋子整洁得如同样板房，她太太竟也用中文说：“你好，请进。”我有些手足无措，显得格外不自然，或许原本就没有和日本人交往过，加上心情确实不够好，所以也只是木讷地坐在那里，甚至想干脆找个理由回家好了。

桌上都是典型的日本料理，精致小巧而且色泽鲜美。藤井说：“朵作（日语谐音，请的意思）。”然后做了一个吃饭的手势。我不好意思地点点头，然后听到他问：“你一个人吗？”我点点头，他又不觉地说了一句：“傻逼兮呢。”我当时差点跳起来，说：“你才傻逼兮兮呢，他妈的怎么骂人呢？”这时他太太似乎注意到我的脸色，立马解释说：“sabishi是寂寞的意思。”我似信非信地看着她，又不想表现得无知，也就没再表现出过多愠气。

他太太原来是和中国客户对接的产品经理，所以中文比较好，虽然不流利，但是基本的交流没问题，反倒是藤井，他说两三句，我就总是误解成别的意思，后来干脆埋头吃饭，这时藤井太太突然说：“我觉得你好像总不是太开心。”

我抬头望了她一眼，说：“有吗？没有吧？”

那是我非常难熬的一段时期，工作上遭受瓶颈，不管怎么做，似乎都得不到上级认可，即使别出心裁想要做出一些不一样的事情来，结果却适得其反，弄巧成拙。有时候面对一堆事物，做到晚上十点，办公室剩下自己一个人，回家的路上才注意到女朋友的未接电话和短信，回过去只能惹来更多的争吵，最后不欢而散，回家躺在沙发上，一动不动，郁郁寡欢，电视里还放着狗血的相亲节目，那些成功的男人站在台上等着女人们亮灯灭灯，而我这样的人，估计连站在那里被选的资格都没有。

我怎么会开心呢。

有一天下楼遇到藤井太太买菜回来，看见我，也是热情地打了招呼，我随意地点了点头，就听见藤井太太说："千万不要不开心，否则会花钱的。"当时我先是一愣，然后望着她，她嬉笑道："我没有开玩笑，所以赶快开心起来吧。"

我没把藤井太太的话当回事儿，结果当天就丢了钱包，我狼狈地拨打各个银行的电话去冻结账户，然后到派出所补办身份证……那一天特别累，回家的时候，女友打电话来，问我周末都干吗了，我说没干吗，她就追问为什么没给她打电话，我不想说，心情依旧够糟，索性挂断了电话。她发信息来，说，你再这样，我真的没法跟你好了。我淡淡地回复道，那就分手吧。大概过了半个小时，女友发信息过来，说，你这些日子变了很多，如果你真的觉得累了，那我们就分开吧，不过准备和你一起买房子的钱，我想拿回来。

我望着手机屏幕发了很久的呆，最后回了一句，好。

那天夜里，我辗转难眠，突然想起藤井太太说的那句话，思来想去，决定第二天去找她。因为调休，我正巧有时间，敲了藤井家的门，她丈夫已经上班去了。她看见我站在她门口，有些意外，我说：“能和你聊聊吗？”

或许因为上班的时间，咖啡厅人很少。藤井太太坐在我对面，她是非常端庄的女性，虽然不知道岁数，但看起来确实很年轻，那天她穿着一件雪白的纱织外套，一点不像已经结婚好几年的妇人。

“藤井太太说不开心的人都是要花钱的是什么意思？”

“啊，高先生你是一直在想这个问题吗？”

“起初也没有放在心上，但最近确实发生了一些事情。”

“哦，这样子啊，我那天那句话，其实是我先生告诉我的。”

“怎么说？”我好奇地看着她。

她微微一笑，端着咖啡抿了　口，不急不忙地讲道：“之前我和我先生住在福冈，那时候我们刚刚从大学毕业，虽然不是像早稻田或者东大这样的好大学，但是总的来说也不算差，可是毕业之后依旧很难找到合适的工作。那时候我和我先生可不好过，成天吃速食面，很辛苦，因此充满了抱怨。最主要的是我，当时已经快撑不下去了，我先生却说，不开心的话是要给上天交钱的。我开始以为他开玩笑，结果第二天出门的时候，因为火急火燎去面试，结果不理想，回家就很烦躁，看着家里泡面没有了，我就坐公交去附近的超市，但是你知道吗，我出门竟然忘记锁门了，回家的时候，东西被盗了。”

“真糟糕。”

“对，就是那天，我提着一袋泡面站在门口，心里发麻，钱全没了，我先生回来的时候，我已经哭了快一个小时了。他没有骂我，只是和我说，看吧，不开心的话，就要给上天交钱的。”

“你先生好像哲学家。”

“不，他也是从别人那里听说的，但是就是那天，他抱着我，说，不如，就干脆不找工作，去上野公园看樱花吧。”她微微一笑，“要说不想是不可能的，但是当我和他真正站在上野公园的时候，我突然觉得好像事情也没有那么糟了。先生讲，你要是继续不开心，就会交更多的钱，上天最喜欢找不开心的人收费了。我当时就真的信以为真了，总觉得要是继续这样不开心下去，就会发生更严重的事情，加上那天樱花真的很美，回去之后我的心情就不一样了。说起来很奇怪，可是真的就是这样，原本投十份简历，就改投二十份，原本被讨厌的地方，就尽量在下一次不要表现出来，没多久，我和先生都收到了公司的邀请信。”

“昨天我也丢钱了。”我低头说。

“是吧，果真是这样呢。我还有些朋友，他们不开心的时候就会忍不住买东西，或者伤害自己，最后终归都要花钱来解决，时间久了，就觉得这句话是有道理的。”

因为不开心，事情比原本预计的还要糟糕，不加薪，反而因为心情不好迟到而被扣钱，和女友计划好的未来，也立马被打乱，甚至不留神就丢东西，果真朝着非常不利的方向发展。

我打电话约了女友在人民广场见面，我们已经很久没有见面了，我差一点认不出她来，她黑着脸看着我说：“叫我出来干吗？”我说：“没什么，就坐坐吧。”我递给她一杯买好的奶茶，她似乎没有那么生气了，然后我们聊了天，聊了我们似乎长久都没有聊过的对方近况，她又考了什么资格证，又去了什么地方，遇见了什么人，原来我已经漏掉了这么多东西。那天天气很好，可能就像藤井太太说的那样，我突然觉得心情也没有那么差了。

藤井夜里突然来敲我家的门，递给我一个像锦囊一样的东西，他说，这是御守，希望可以保佑我顺利起来，末尾就和她太太说的一样，用蹩脚的中文和我说，不开心，要花费钱的。我瞬间就笑了。

说来也奇怪，从那天开始，我好像开始转运了，有人打电话说捡到了我的钱包，因为里面有我的名片，他干脆送到了公司楼下；而之前的领导去了菲律宾，新来的领导看了我之前被pass掉的方案，居然重新捡起来想要进行；女友和我重归于好，我们也决定了年底结婚。

早上醒来的时候，突然听到隔壁轰隆的声响，我开门去看，发现藤井夫妇在搬东西："你们这是……"

"我们要回日本了。"

"啊，这么快？"

"是的，说来到中国也有一年多了，我先生工作调动，所以不能继续留下来了。"

"唉，才刚刚熟悉。"

这时藤井先生冲上来，说："你，是个好人，开心了。"

我冲着藤井先生笑，藤井先生说："你笑，很好看，不要，苦脸了。"藤井太太紧跟着说："所有的开心都是免费的，不是吗？"

好长的日子，我都以为早上打开门可以看见藤井先生诚恳的微笑，和那句走音的"早上好"，但是楼梯间除了我，就只剩下从顶上圆窗投下来的阳光了。

房子是租来的，但生活不是

十月的时候，松松搬了第三次家，这是在上海工作以来最伤筋动骨的一次，或许是待得时间长了，行李由一个变成三个，三个变成五个，完全呈奇数倍增长。直到筋疲力尽把所有东西扛进屋子里，松松给我打了个电话："天，我终于知道我为什么找不到男朋友了，我简直就是自己的男朋友，我竟然靠自己搬完了东西，从浦东到北新泾，简直要疯了！"因为房东要卖房，即使松松出再高的价格，对方也不租了，最后那一两个月，房东隔三岔五地带人来看房，松松也是受够了，二话不说，终止了合同，跑回自己曾经最熟悉的北新泾找房子，也不管从东明路到北新泾到底有多麻烦，她说，这就是做人的态度。

但是，搬完家后，松松立马就穷了。她无奈地说："我这个月要还六千的信用卡，想想又觉得好无力。"每当这时我都特别吃惊，六千，为什么？在我和她工资相当的日子里，我一直无法理解为什么一个月可以用掉这么多的钱。

"你还了信用卡不是要喝西北风啦？"

松松说："那怎么办呢，总不能亏待自己啊！"

像我和松松这样的年轻人，二十五六岁，有稳定工作，出入高档写字楼，经常出差飞来飞去，相比许多的同龄人，都有着难以掩饰的优越感，但是，每当我一聊到身边的同学，很快就道出不明所以的感慨来："虽然别人在小地方只有三千来块工资，说实话还不够还你信用卡一半的消费，但是，别人已经买房买车啦，就算是借的父母的钱也好，朋友的钱也好，靠山吃山，靠水吃水，结婚的结婚，生孩子的生孩子……像我们呢，外表光鲜，其实什么都没有，连房子都是租的。"

"那又怎么样？换句话说，现在给你三千块，让你蜗居在一个夜里连书吧咖啡厅都没有的小城镇，除了一两家只有五六年前老歌的KTV和几家乌烟瘴气的麻将馆以外，就只剩下跳广场舞的大妈了，你愿意吗？"松松总是这么自信地说。

去年三月的时候，松松花了一笔重金去学芭蕾舞。当时我在电话里笑了她半天，她不以为意地说："有什么好笑的，你以为你就没有什么爱好是别人不会发笑的吗？”一句话噎住了我，我立马笑不出来了。

就是这样的她，可以把钱砸在练习舞蹈、学习外语、出门到处旅行、买上千的衣服上，也是这样的她，在筋疲力尽之后回到自己在北新泾的小蜗居里，看美剧逛淘宝淘机票。出入CBD的光鲜外表底下，是进出老工房的简单生活。

我说：“松松，你应该存一点钱，无论如何不可能在上海这么多年什么都不留下吧。”松松不屑地说：“我存了啊，只是存得少，要是你让我工作只是为了存钱，我还不如回小地方生活呢，我为什么要生活在大城市呢，就是因为在这里我才可以体会更多有趣的东西，不是吗？”不可否认，她说得没错。

即使如此，在网上依旧有很多人嘲笑飘荡在北上广的年轻人，说我们这样的人放弃家乡，只是爱慕虚荣，即使奋斗十年，也不可能在北上广买下一套房，即使真的有能力买下来，那多半也不是靠自己，即使真的靠自己，那多半就是拼得头破血流千疮百孔。这样一说，松松就会笑：“是吗，我为什么一定要在北上广买房呢？说这种话的人肯定是嫉妒，如果不是嫉妒，他过他的小日子，我过我的大生活，有何相关？而且，如果说这个话的是个男的，我真想一巴掌拍死他，连我这样的女生都有勇气在这茫茫人海中飘荡，他居然窝在安逸的环境说三道四，不好笑吗？”

周末的时候，松松打电话给我，说想去宜家逛逛，原本我以为只是逛，结果松松买了一张桌子、一个沙发、几卷墙纸，还有若干零零碎碎的小饰品。

我扛着桌子，望着松松问：“你是准备干吗？”

“不干吗啊，我那个房间太low了，躺在床上完全体会不到家的感觉，所以我得动工改造一下。”

“拜托，那只是租的房子好吗？”

“那又怎么样？房子是租的，但生活不是。”

从那天开始，松松一下班就开始“改造”她的“闺房”，经过一周的时间，她邀请我再去，房间已经翻天覆地变了样。她把旧家具都收起来了，联系房东，能退的就退了，整个屋子简直和新家一样。

那天我和松松坐在她新买的沙发上看电影，那是安妮·海瑟薇主演的一部戏，松松抱着抱枕，说：“为什么国外的人都是租房子生活，从来不会因为房子的问题去局限自己的脚步，但中国人就不行？好像一定要有一套自己的屋子，落上自己名字的房产证，才可以称得上完美的人生？”

“因为有了房子，才有家。”

“什么是家？”

“有爱的人，有柔软的床，有早餐，有晚饭。”

“所以这些一定要有自己的房子才能有？”

“这个……”

“我新买的床垫很软，如果我找到男朋友，我觉得在这个屋子里，我们也可以过得很开心，我不会强迫心爱的人一定要有房子，但是他必须要有一颗能够奋斗出房子的心。我不拒绝优秀的男生，但是我依旧不认为那些庸人自扰的条件是局限他追求我的担心。”

后来安妮·海瑟薇演的角色在路口被车撞死了，松松竟然稀里哗啦地哭起来。

“不过是一场戏而已。”

“对啊，只是突然觉得，他们在最好的年龄错过了彼此，没有在最好的年龄好好去看看这个世界，多可惜。”

“你不要这么文艺女青年了好吗？”

“我才没有！随便感慨一下而已，晚上在我家吃吧，我买了菜。”

晚餐的菜很简单，我们坐在桌子两端，整个屋子气氛很好，或许是松松特地“装修”过的缘故。松松的菜不能算得上美味，但是却让人觉得踏实，有那么一刻，我觉得好像我们并不是在上海漂泊的两个人，而是在家生活的好朋友，而这个屋子并没有那么多排斥我们的气息，反倒有一种格外的包容。

“周，你觉得钱重要吗？”

“就目前来说，还是挺重要的，如果我们真的没钱了，连活下去可能都是个难题。”

“不，如果我们真的没钱了，我们要有能力相信我们还可以赚钱，而不是混吃等死，所以，我觉得钱并不是那么重要。”

“你下次不要总是设圈套套我进去，我都没办法反驳了。”

“唉，我只是觉得，每天睁开眼睛醒来面对天花板，闭上眼睛安睡所在的床，可能都不是自己的，这个时候有那么一点点恐惧，因为太陌生，都好像不能沾染自己的气息，所以我非常讨厌搬家，你懂吗？”

“嗯，大概能懂。”

“但是，我觉得，我们不能因为房子是租来的，就要把生活也过得像别人给的一样，随时都可以拿回去。我觉得就是要活成另外一个自己，一个别人随时可以拿走你的东西，但是永远拿不走你生活的那个自己。丢了工作，可以找到待遇相等的；丢了爱情，可以找到一个对自己更好的人……我们不是租了他们，而是我们有资格拥有他们，你说对吗？那些说我们站着说话不腰疼的人，我想，根本原因还是他们没有站起来过。”

松松和我在上海待了三年了，在这个期间，难道真的就是时时快乐的吗？并非如此。就像每一个努力活着的人一样，我们花了很长的时间去给自己充电，让自己变得三头六臂，甚至更坚强，希望每一次站在别人面前的时候，都能表现出最好的自己。

即便是这样的松松，也一个人走过很远的路，或许没有什么目的，但是依旧会去看看路上的风景；也一个人生过病；也一个人坐地铁去很远的地方；也有在病房里只有自己的手机陪伴自己的时候；也喝酒喝到断片，一个人昏昏沉沉地躺在床上哭泣；也有深夜一个人走到楼下附近的烧烤摊上，吃两串半生不熟的烧烤的时候……

有一次，松松应该是去了西塘或者扬州，她就这样闲逛了一个下午，然后很开心地告诉我，那个地方，走走也是不错的。明明听起来那么孤单的话，但是她却还是很开心。

还有那么一次，一个朋友说简直受不了上海的生活，这样的日子到底有个什么嘛，除了高收入高支出，回到家连个说话的人都找不到，一点归属感都没有，简直就是浪费青春。当时松松很不客气地说："归属感又不是别人给你的，是你自己给自己的，难道你回到老家，靠着父母吃吃喝喝就叫归属感吗，你在小城市上班，自己住一套房，就不会这样孤孤单单了吗？"

松松收拾碗筷的时候，侧身和我说："周，问你一个问题。"

"你说。"

"洗澡的时候，你有仔细听过莲蓬头里的水落下来的声音吗？"

"呃，说起来，还真的有过。"

"那种声音，会让你觉得特别平静，好像外面有很多烦躁扰心的事情，但是就在洗澡的时候，特别的安宁，好像只有水的声音，因为那一刻，你特别清楚，没有人来打扰你……我觉得，这就是生活。"

那天夜里，我们俩慢慢走到地铁口，风很大，吹得我们几乎不敢随意伸出手来，我转头说："你回去吧，风那么大。"她点点头，准备往回走，我突然想到说，"对了，好像马上就是你生日了。"松松点点头："后天，我出差，没法过，所以先请你来家里吃了，简单了点，不过开心就好。"

“啊，没买蛋糕啊。”

“形式主义。”

“那你有什么新的愿望吗？”

“我想，唯一的愿望就是希望新的一年里，再认识自己多一点吧。”

人来人往的地铁口，她笑得那么灿烂，好像眼前的生活都是开在乐观主义里的花朵。

穷尽一生做不完一场梦

有段时间总是被领导拉去应酬，隔三岔五和一堆胡子大叔喝酒，听他们高谈阔论，言语中多少透露出些“成功之道在于寻找捷径而非吃苦”的荒谬思想，我只有一边赔笑一边端茶斟酒，扮演着社会中大多数底层小职员的角色，实际内心啼笑皆非，无法苟同。

正是有着大部分企业这样纸醉金迷的夜生活，酒店门口的“代驾”瞬时开始走俏。他们大多举着牌子或者索性上前询问，而路师傅就是其中之一。

因为路师傅开车特别稳，领导也就特别爱选他开车，一来二去，我们就熟了。路师傅说他是北方人，来上海十三年了，十三年啊，真是一转眼就过去了。领导一般上车就开始睡，我就和路师傅唠嗑，总觉得话还没说完，车就到站了。

“你们这是外企吧？”有两次他听见我用英语打电话。

“嗯，路师傅真是洞察力强啊。”

“别看我没什么文化，见的人可不少，你们这个年代好啊，都是能干人，将来肯定是有出息的。”

路师傅开车喜欢哼点小曲，自娱自乐，我觉得特别好听。他说他最喜欢的是李宗盛，那时候都叫他小李，现在都改口叫老李了。有一天他放电台里的歌，他也跟着唱，我坐副驾驶，所以听得特别清楚。那是一首老歌，从路师傅口中唱出来有一种难以言说的沧桑，我笑道：“路师傅的声音很好啊，应该去参加一下好声音什么的。”

路师傅自嘲地说道：“什么好声音啊，一把岁数了，根本没有那个想法了。年轻的时候喜欢唱歌，没有赶上好时候，在乡里唱，偷学吉他，差点被我爸打断腿，后来跑出来，想着在上海混个机会，没准儿能当个歌星什么的，现在想想，傻吧，怎么可能。”

路师傅说，他曾经在电视台门口卖盒饭，就是想多看看那些明星，多认识几个朋友。后来真的认识了，也通过关系进了电视台参观，只是那一身油污很快就遭到嫌弃。等到买了西装，别人已经不让他进了，之前认识的朋友也找不到了，他说当时他就像个小丑一样站在门口。

后来他攒钱买了把吉他，以前偷学的那点儿就能弹个简单的《童年》，但就是这首童年，一下也赢得了不少听众。他白天卖盒饭，晚上就在电视台门口唱歌，后来去旧书市场找教程，夜里在家练，也多会了几首。

“那时候就是瞎折腾，但是也特别开心，夜里老是瞎弄到两三点，回家后别的啥都不想做，就想唱歌。那时候住棚户区，隔墙不隔音，声音大一点就要被邻居骂，只有小声唱，自己边唱边笑，要是被谁看见了，肯定把我送医院去。”

“后来呢？”我不禁问道。

“后来？后来别人都娶媳妇生娃了，我爸妈就写信劝我回家，说上海混不走，家里还有一亩三分田，随时回来都有热饭吃。你也知道，年轻人，哪里肯，死活不回，继续瞎唱，总觉得肯定有人看得上自己。可是……”车停在了红灯前，“可是后来自己也质疑是不是美梦成真这种话就是瞎编骗人的，一开始人还很多，但是久了，人也少了，到了冬天，根本没有人来听了。而且，盒饭生意不好，连生活都成问题，我干脆把吉他卖了，不然那个冬天就要饿死了。”

“怪可惜的。”

“可惜不可惜我不知道，只是那时候我就觉得追梦太累了，或许自己也不年轻了，一晃过去两三个年头，就二十七八了，老家弟兄的小孩都能走路叫爹了，我还在外面漂着，心累，就想着打包回去。但是走之前啊，还是不甘心，打算去电视台再唱一次，当时就搬了大石头，站在上面，像宣布什么国家大事一样，扯着喉咙就唱起来，那一次我唱的是山歌，用老家土话唱的，一下吸引了很多人。有人笑，有人鼓掌，我脸一红，一紧张，差点从石头上摔下去，那一幕我到现在都记得。”

“想想你胆子也挺大的。”

“年轻嘛。后来那些人，听完歌就走了，谁管你啊，只有个小姑娘，一直守着我，我说你干吗不走，她说想再听一首。我说，好吧，反正也是最后一次了。那个小姑娘就问，为什么啊，你要去哪里啊？我说，回家。姑娘说，不在上海了吗？我说，不在了，回家种田去。谁知道那姑娘哇哇地哭起来，我都不知道发生了什么事。她说她是附近大学的女学生，之前心情特别不好，就过来听我唱歌，看着我在寒风中吼，她的心情就好了很多，觉得我给了她很多鼓励，但是一想到以后看不到我了，她就难过。”

路师傅见我听得入神，拍了一下我，说：“小兄弟，到了！”

我这才缓过神来，说：“后来呢？”

“后来，那姑娘就成了孩子他妈啊，哈哈。”

从那天起，我就喜欢听路师傅唱歌，也喜欢听他说他和孩子他妈的故事。他说两个人刚开始穷啊，又都不是上海人，但是有了个伴儿，一下子勇气就倍增了许多，觉得事儿都不是事儿。路师傅到工厂找了活儿做，孩子他妈就在学校教书，两个人虽然清贫，但是开心。

后来他们生了个女儿，模样像她妈妈，却继承了路师傅的歌喉，路师傅说："大人苦得了，孩子苦不了，你说一个丫头，都五六年级了，还得跟我们挤一张床，说出去不是遭人笑话吗。后来我睡地上，让她们娘俩睡床，但是大冬天我还真过不去，半夜总是醒，我就和孩子他妈商量啊，还是得买套房子。但是那会儿上海房子已经不便宜了，没办法，就只有借钱了，欠了一屁股债。可是搬进新家的第一天，女儿带着不确定的语气问我这是不是我们的新家时，我竟然不争气地差点哭了，但是在女儿面前哭很丢脸，所以我还是忍住了，可心里那是一个开心啊。"

有一天，我约路师傅出来喝酒，那天心情确实不好，和路师傅抱怨了一番之后，路师傅说："行了，小兄弟，就是屁大点的事儿，你要知道，我当年在厂里上班，遭多少脸色啊，基本上那些干部啊领导啊，都打压我这种没文化的，心里总是带着些嫌弃，出了什么事儿，全都往我身上推，你知道吗？"

"其实我也明白这个理儿，但是我就是觉得自己没做错，为什么得不到公平对待。”

“公平，哪里来那么多公平？当年我站在电视台门口也想过这个问题，为什么有的人生来就能有钱，就可以去念书、学东西、当明星，像我们这种，不掉几块肉都不知道什么叫人生，掉了肉还要被踩在底下喘气的，怎么去争个公平？”

“路师傅，你还想唱歌吗？我说现在。”

“想啊，当然想，谁心里没有点遗憾呢？不过，我是彻底放弃了。”

“唉……”

“没什么好叹气的，我女儿前些日子跟我一起出去，在钢琴培训班门口待了很久，那姑娘性子像我，都说三岁看老，我一眼就瞅着她喜欢音乐，二话不说第二天就跑到那家培训班帮她交钱了。说实话，当时家里确实没有多少钱了，学钢琴也不比学其他乐器，贼贵，但是我特别能体会丫头当时的心情，就像那年我跑去偷学吉他一样。我和孩子他妈说这事儿，孩子他妈也支持，就是我们平时穿得差点，吃得差点，也不能耽误孩子。”

我突然有些哽咽，想起自己的父母，还在上学的那些年，为了我大学几年的学费，一直帮我攒着钱，但是我要什么东西，他们从来都不吝啬，每次我想要看书，总是几本几本地买回家。

过些日子，再看到路师傅，发现他瘦了，问他怎么，他也只是笑，说没事。领导后来换了地方应酬，与路师傅相见的机会就更少了。

夏天快要结束的时候，路师傅夜里打电话给我，说叫我出去聊聊天。我们就站在中山公园附近的高架下吸烟，我说："路师傅，你又瘦了。"

路师傅说："是啊，一天比一天辛苦，养着那么大一家子人呢。"说着又吸了一口烟，猛地被呛到，咳嗽了好一阵子。

"怎么了？这么晚叫我出来，不像你啊。"

"兄弟，路师傅说句老实话，我不像坏人吧。"

"不像，怎么会像坏人，你好得很！"

"呵呵，有你这么一句话就够了。"

"这是怎么了？"

"我实话告诉你，我活不长了，今天医生跟我说，我肺上有问题，前两天照的片子出来了，我在医院发了半个小时的呆，我还没来得及告诉她们娘俩，想着憋在心里难受，就叫了你出来。"

"路师傅，这不是真的吧？！你肯定在开玩笑！"

"兄弟，没几个人会拿自己的命开玩笑，何况，一点也不好笑不是吗？"

我觉得鼻子很酸，眼眶早就湿了。

“虽然医生也没说我还能活多久，但是从他的语气我也听出了些什么，做手术的钱我现在也拿不出，更重要的是，我这一走，她们俩怎么办呢？”他哽咽了下，接着说，“以前，我守在酒店门口，就想着，这些生活糜烂的人啊，以后肯定活不长的，谁知道，别人都活得好好的。大概就是这种念头多了，老天爷惩罚我吧。”

“路师傅……”

“兄弟，你上次问我后悔吧，可惜吧，遗憾吧，我其实只是心痛。今天从医院出来的路上我就想，这一辈子太短了，我自己抓不住机会完成梦想，最后想看着女儿代替自己完成，也看不到了。”

“路师傅，我陪你去广场唱歌吧。”

“唱什么？”

“唱你最爱的李宗盛！”

“嬉皮笑脸面对人生的难啊……”

三个月后，我参加了路师傅的葬礼，他女儿在灵堂哭得撕心裂肺，她说：“爸，你是个大骗子！我刚学会弹第一首完整的曲子，你说你要听的！”孩子他妈抱着女儿，两个人蹲在那里，旁边的人都说不出话来。

生活不能如诗也不能如是，有的，更多是山穷水尽，却极少有柳暗花明，但心中盛开的桃花源无疑是坚持走下去唯一的力量。

年会结束之后，领导邀请大家去喝酒，席间，大家唱歌助兴，领导说：“来来来，你去唱一首给大家听听，以前我躺在车后面经常能听到你唱歌的。”

那不是我，而是路师傅，但是我没有说，我点了一首李宗盛的歌。想起那些我坐在副驾听路师傅哼歌的日子，他总是摇着头很享受地哼着，唱着，好像时光都走慢了。

“往事像一场梦，将我的心轻轻触动，从前的我没法懂，人生路怎么会困难重重……”

好像唱歌的是他，不是我。

当前女友的男朋友和我交谈时，我们在谈些什么

几个月前的晚上我在蛋糕店附近撞见他，那夜我陪客户吃饭喝得有点多，迷迷糊糊基本没有认出他来，是他叫了我，真意外，他居然记得我的名字。好吧，虽然有个字念错了，但是我原谅了他。

嘿，兄弟，干吗呢？我像是他熟稔的朋友，一巴掌拍在他的后背上，他很瘦，好像我稍微使劲他就得趴下。为此我还追问过安安，这样看上去弱不禁风的男人你是怎么看上的。当然安安很生气，气坏了，很长时间没有和我说话。我为此和他干了一架，就是眼前这个男人，他被我打伤住在了医院，我帮他付了医药费后，扬长而去。

我实在没有想过再碰见他，因为这很容易让我想起“我和

安安分手了”这件事。你知道，人一旦失恋了，即使是两个人一起用过的毛巾都会让你伤感半天，何况这么一个活生生的人。

他有礼貌地点了点头，说：“买蛋糕，明天是安安生日。”

靠，这种事情不需要你来提醒我，我当然知道明天是安安生日，如果要细数，我曾经连安安的生理期是哪几天都知道。这种话明显是在挑衅，让我很不舒服，但是我还是很绅士地说：“生日好啊，生日好啊，又老了一岁了，你们快结婚了吧。”

他提着蛋糕，没有回答我的问题，而是问我：“你不要紧吧，要不要我开车送你回家？”

“买车啦？”我嬉笑道，“买车好啊，安安就喜欢有车有房的男人。”他并没有笑，只是说：“安安也没有你口中那么爱慕虚荣。”

可能我真的喝高了，正巧那个时候地铁已经收班了，要是从长宁区走回浦东，我估计明天也不用上班了。所以最终我还是被他扛上了车，我真的没有想到他还是有点力气的。车里很香，有些安安的味道，她最喜欢的洗发水是海飞丝，曾经我一直以为海飞丝是廉价品牌，后来发现原来海飞丝也挺贵，就像我以前一直以为安安很喜欢吃豆腐干，后来才知道原来是因为我喜欢吃，她才跟着喜欢。

我差点在车上睡着了，要不是他突然说话。他在前排打着灯，淡淡地说：“我知道你还恨我。”

那时候我大脑一闪而过的是类似的电影情节，他应该是要把我带到什么荒郊野岭去，把我勒死，然后抛尸。我猛地坐起身来，后悔上了陌生人的车，我说：“你不会要暗杀我吧？”

他被我的话逗笑了，说：“安安讲你是一个想象力很丰富的人，果真如此，看来她还是很了解你。”

“好吧，如果你要杀我，记得带我去一个漂亮点的地方，不然我会死不瞑目的。”

他打了转向灯，然后上了高架。

“其实我能明白你的心情，就像我现在是当下所谓的小三儿，你作为原配应该气愤，所以那一次你打我，我也没有还手。”

“你别搞笑了，都是多久之前的事情了。”

“只要你还单着，或者立马去找了别的女人，都说明你对安安还是很在意的。”

“他妈的别搞得像上帝一样能看穿别人好吗，我一点也不觉得你这么说话很高明。”

他清了清嗓子，车在高架上堵了，这个点居然也会堵车，我真是佩服。他进而转了话题：“平安夜啊，没办法，到处都是人。”

他是在提醒我什么，随即打开了收音机，电台的主播正在帮一位刚来上海的大妈找行李，他再调，调到了音乐频道。那是安安很喜欢的歌手陈奕迅，有一年他办演唱会，我竟然陪安安听了三场，上海、杭州和南京。其实我觉得没有什么区别，但安安还是觉得每个地方都有不同的感动，她问我愿不愿意继续陪她听下一场，后来，就没有下一场了。

“其实我也有过你这样的时候。”他从车位下掏出一袋话梅，捡了两颗扔进嘴里，向后伸手递给我，我不想吃，他接着说，“我曾和一个叫宁宁的女孩子在一起六年，从大学到工作，差一点就要结婚了，但是你知道很多东西，一步之遥，就是永远。那时候我们也应该像你与安安当初那样恩爱，我们住在上海最破的小楼里，吃泡面，打两份工，很多时候想和其他情侣一样去高级餐厅吃一次饭都觉得很难……就是这样的苦日子我们都过过来了，按道理说，没有什么再分开的理由了，但是某一天，她突然就和我说，觉得我们完了。”

酒精好像一点一点在空气中挥发掉，我觉得有些闷，稍稍开了点窗户，高架上刺骨的寒风打在我脸上，我瞬间清醒了很多。

“有时候，你都没有发现爱情是在哪一天变坏的，就像你不知道为什么突然就牙疼，去医院检查的时候，医生简单明了地告诉你，牙坏了，得拔了。你看，很多事情都这样，藏在阴暗角落里的东西，没有那么在意，久而久之，就是祸难根源。可笑吧，你一直以为自己还是很健康的。”

“那你们为什么分手？”我忍不住问了一句。

“宁宁说，有一天，你发现根本没有什么爱情，爱情其实就是那么十来天的兴奋感，就是你以为你一边付出一边很快乐地享受着，其实最终只是单调循环地追问而已，追问为什么对方变了，为什么这些细节他都抓不住，为什么总是在重复为什么，就像得了痴呆一样。”

“哈哈，你前女友应该去写小说。”

“她是个编剧，所以，你知道，思维总是比较感性，但这不是重点，重点是我们的爱情坏掉了，于是拔掉了，然后我们长达六年多的感情终于进了坟墓。原本故事就结束了，可是，却没有，好像只是一个前奏而已。没多久，她又交了新的男朋友，准确来说，是未婚夫。那时候我每天都会去酒吧喝酒，醉得一塌糊涂，给她打无数的电话，但是始终没有人接，后来我干脆不打了，想着什么都会过去的。没多久，正巧是她的生日，我给她寄了一个礼物，我想她是收到了，但是没有给我回音，又过了几天，她在我公司楼下等我，和我一起吃了顿饭。”

“这不是什么好的发展。”

“对，就像你说的一样，这不是什么好的发展。那天夜里她在我那里过夜了，其实我们明明是分手了，但是始终理智骗不过身体。早上醒来的时候，她跟我说她要结婚了，她躺在床头，像过去那样望着我。我想着我应该说点什么话，但如果是祝福的话就太假了，所以我干脆什么都没说，而是去厨房做了早餐。”

“好吧，虽然你讲得很可怜，但是我一点也没觉得和我有什么关系。我和安安很久没见了，这点你可以放心。”

“哈哈，我没有怀疑你们的意思，而是，后来我和宁宁又见过几次，情况和那次差不多，没多久，她给我发信息，说还是不要见面了。再过些日子，她未婚夫找到我，和我干了一架，我很不服气，最后两败俱伤。你知道我不服气的是什么吗？我不服气的是，我总以为我和宁宁才是原配，原来那一刻，我竟然成了小三儿。”

我感到有些不舒服，胃里一阵灼烧：“你是在讽刺我？”

“抱歉，我不是那个意思，我是想说，爱情在某个时间会让你觉得过去的种种都是他妈的浑蛋，我还记得宁宁喜欢的食物、用过的牌子、常去的地方以及她那些私密的小习惯，但是知道又怎么样呢？我不是想用这些话刺激你，而是想告诉你，有些东西，变质之后就很难再去还原，包括安安。二十七八岁，又遇见一个喜欢的人，碰巧她又是单身，我没有理由不去追求，换作是你，你怎么想？”

我深深地吸了一口气，说：“你可以靠边停车，放我下去了。”

“我没有什么意思……”

“我是要吐啦！”

我蹲在路边，他站在不远的地方，应该是皱着眉，没有再说话。他快步离开，又很快回来，递给我一瓶矿泉水，让我漱口。我起身靠着树，深深地呼了一口气，感觉很累，我说：“谢谢。”

“不用。那个，其实我刚才说那些话没有挑衅的意思，我只想说，你现在的很多感受我也有过，而有一天，你也会成为那个开车的人。”

“什么意思？”

“你也有过那种时候吧，不断地看手机，翻短信，担心错过任何信息，但实际上手机从来没有响过，在你们分手后的四十八小时之内，全世界根本就是安静的，但是你还是很担心，担心手机坏了或者信号不好，所以你还是会去查看微博、微信、QQ、邮箱、Skype，甚至一切你认为可以寻找到消息的地方，但是什么都不会有。”

“所以失恋的人都挺傻逼的。”

“不，我觉得很正常，就是你舍不得。而其实，喜欢这种事情，最终只会变为一种习惯，有的人适应习惯，有的人不能，不能适应习惯的人会想方设法打破僵局。而另一个人呢，可能会收拾残局，也可能会火上浇油，如果是后者，那这份感情基本就断了。”

你可以一辈子只爱一个人，
哪怕那个人不爱你，
从一而终，不忘初心，
一生做好一件事儿，已是难能可贵。

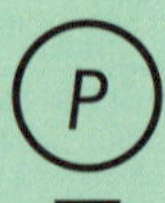
P

爱情就是把自己完全的爱，
交给不完全的人，正是因为你的不美好，
让我觉得那么喜欢你。

喜欢你，
就是去见你前的内心戏，
和用心装扮自己时的小心翼翼，
以及看见你喜悦得无法掩饰的心悸。

“你今天和我说这么多，无非是想让我不恨你吧，其实我没那么恨你，只是觉得……怎么说呢，我觉得你得比我强，我才能够承认自己输得值得。”

“但是怎么叫比你强呢，任何一个人处于你这个角度，都会觉得处于我这个角度的人差得一塌糊涂吧，换作我是你，也一样。我曾经觉得宁宁那个未婚夫为什么会那么丑，那么邋遢，那么不堪，将对方无限贬低，事实上呢，现在的我就是当初的他，而你有一天也一样。”

“你这么说，好像有点道理。”

“我今天讲这么多，其实也不是想劝你什么，看你喝这么多酒，总觉得要么是太开心，要么是太不开心。要是开心，听我说说这些也无所谓；要是不开心，就当我说的是安慰你的话吧。以前看电影，觉得很厉害的片子都会把剧情编成一个cycle，但事实上，生活中的每件事，都是循环往复的。”

我看着他，表情极为诚恳，又道：“我曾经也和安安讨论过，分手这件事，当时闹得很凶，我问安安，什么是分手呢，分手就是彼此再也不见面，连联系也没有了，喝咖啡的机会也不给？安安告诉我，分手就是再也没有什么事是两个人必要的事情了，你不打电话，不回信息，不设想周末的约会在哪家餐厅，你只需要考虑下班之后去哪里消磨时间，要去和哪个同事赌马，要泡什么样的女孩，而不用再担心我，那就是分手。”

“我也和宁宁讨论过，我们分手了，那我们背着她的未婚夫见面又算什么。想来是可笑的吧，我有时候也怀疑，我和宁宁是不是真的真心喜欢对方。”

“我觉得，喜欢肯定是喜欢过的，只是就像你刚才说的，有的人能够习惯一成不变，但有的人不行……又可能像你说的，爱情和牙齿其实差不多，每天都在刷，总以为很干净，但实际上很多角落你都没有注意到，直到坏了疼了，才意识到当初的粗心大意。听你这么说，我确实心里好受了很多，要不是我喝多了，我还能请你再去喝两杯。”

“哈，不用了，我还开车呢。”

这时候，突然有个姑娘追着一个男人喊捉贼，他真是以迅雷不及掩耳的速度一下追了上去，把那个男人擒住了，一个过肩摔，就这样压住了那个男人！

“谢谢，谢谢！”那个姑娘一直向他道谢，他教训了那个贼两句话，准备拨110，这时候有警察过来了。

“靠，你刚才那个，是什么？”

他拍拍手，笑道：“我上高中的时候练过柔道。”

“那你……当时我打你怎么不还手？”

他摸摸头，突然看了看手表：“哦，我还是快点送你回去吧，回头还要去给她买两盒小杨生煎。”

“今天平安夜，你们居然没有出来约会？”

“对啊，医生说她不能太闹腾。”

“啊，不会是？”

“对啊，三个月了，我们打算下个月结婚。”

“哦，挺好！”这个时候，我突然感觉自己没有想象中那么伤感，反而有一种尘埃落定的感觉，我说，“那你快去买吧，这里已经不远了，我打车回去好了。”

“既然送你，肯定要送到家的，上车吧，还来得及！”

当我重新卧在后座上吹着暖气的时候，电台里突然响起了圣诞节欢快的音乐，我看了看窗外，深夜的上海还是那么热闹，我想起前些日子，烂醉如泥的自己真是可笑。

我摇摇晃晃，看着他的后背，好像没有我之前看到的那么单薄，反而有一种安稳的力量。

曾经有本书上写，最美的地方，是没去过的地方，最好的时光，是回不去的时光，唯一能做的，不是去眷恋，而是保存你已经拥有过的，不去践踏，不去伤害，不让它变得零星而最终消失。

我打开手机，删掉了所有关于安安的信息，甚至删掉了她的电话号码，就在那么一刻，我觉得，安安终于属于她自己了。

不要在城市留下了青春，却留不下自己

子杰飞回贵阳参加朋友婚礼的路上，一直望着云层发呆，屈指一算，这已经是身边第十三个朋友结婚了，原本圈子不大，单身汉所剩无几，其他几个人虽然还没有决定结婚，但除了对未来规划还不明确以外，至少已经有了可以依靠的对象。和大多数在上海漂泊的人还不一样，子杰是“二度回沪”，听起来壮烈而又决绝。

一年前的这个时候，子杰离开了已经工作三年零四个月的公司，当时他不知道自己到底要做什么，考虑过很多路，也继续去面试，有和之前的工作相同的行业，也有和之前工作完全不同的领域，甚至想过找朋友借钱开公司，但是不管哪一种，最终都没有实现。他一方面嫌弃新岗位的工资低，另一方面跨界并不被看好，再者，创业之初，连做什么都没有明确目标，更别说还要借钱了。

从同济毕业之后，子杰就进了外企工作，前前后后成了业界翘楚，最终选择离开也是到了瓶颈，希望换一个环境。在上海这样的城市，跳槽实属普遍。然而辞职后一个月，他很快就体会到了没工作的辛酸，银行卡不会再按期有超过五位数的金额入账，反而是储蓄数值越来越低，每当取出那一沓钞票，点击查看余额时，子杰都要内心一紧。

然而万事敌不过现实，逃避也解决不了问题，从快餐到外卖，最终子杰只能选择买廉价菜在家随便弄弄。正值年头，挨家挨户饭菜飘香，年味一天比一天浓，而子杰很清楚自己接下来应该做什么。

他打了电话给家人，老爸正在工地搬砖，老妈刚刚从纺织机上下来，他突然哽咽了，说不出半句话来，最后家里人都问，今年过年是不是又要加班，不回来了？子杰吸了吸鼻子，说：“不，今年我回的。”他始终没有把自己没了工作的事情告诉父母，怕他们担心，想着他们在千里之外的家乡还在工作，子杰心里五味杂陈。

回头是肯定不可能，自己选的路，爬也要爬完。他躺在床上，想了很久，给之前要好的朋友打电话，一个接一个，因为无法对家人说，只好对朋友讲。最后大家一致认为，不如，就回家吧，虽然有些不舍，但是总比在上海无依无靠强。

挂断电话，子杰认真思考了这个问题，自己在上海到底是为了什么。算上大学四年，子杰已经在上海待了七年了。他今年已经二十六岁，上海已经占据了他四分之一的小半生，这里有他的大学同学、朋友、同事、自己做的工程（有两栋大楼都是子杰负责完成的），还有那些摸不着但想起来会笑的回忆，如果说上大学之前的一切都是萌芽，那么大学之后的日子都已经伸枝长叶了，子杰意识到了自己的青春全部锁在了这座城里，到最后，留在上海，真的已经不是为了什么，而是，它就成了自己身体的一部分。

子杰在深夜十点到楼下的便利店买了一杯关东煮，然后从钱包里抽出信用卡和储蓄卡，在拉卡拉上偿还了上个月的债务，而这一刷，所剩无几的积蓄就这样变成了三位数。

子杰大三那一年做世博志愿者，和同学忙到天黑，然后两个人坐地铁去茂名南路附近喝东西，子杰记得自己当时非常坚定地和同学说："以后毕业了，也是要这样充实地过每一天，下班之后和要好的兄弟去路边摊撒野。"事实上，工作之后的子杰确实充实到每天深夜才回家，但却无力到附近的路边摊吃东西，甚至倒在床上就睡。半年之后，很多坚定地要留在上海的外地同学纷纷离开了上海，有的去了北京，继续下一轮漂泊，而大部分都选择了回家。当时子杰并没有感到恐慌，好像一切都无比正常，适者生存，这是达尔文进化论一早就提出的，但子杰万万没有想到有一天，自己也会变成要离开的人。

为了拿下入职一年后的晋升职位，子杰花了两万块去学英语口语，每周从家跑去南京西路，在狭小的房间里和老外对话；为了拿下第一个公司周年庆工程，他花了三天三夜不眠不休完成了工程图纸；为了有一次出国学习的机会，他通读了外交项目的所有条例，倒背如流……就是这样的子杰，好像没有什么比别人弱的，却在某一天站在路口迟疑，这车水马龙的繁华都市，他认真看过几眼。就连香港广场下那纵横闪烁的街道，他都没有仔细观赏过一次。

“我公司在新天地。”除此之外，他好像也说不出周边更多的东西，他总是在公交上昏昏欲睡，好几次醒来都坐过了站，在临近的地铁站再乘地铁回家。

子杰联系房东，结算了最后的房租，房东倒有些依依不舍，说：“侬到哪里去？”子杰胡编乱造了一个理由：“去香港，公司要外派我去，阿姨，不好意思。”房东阿姨点点头，说：“好事，只是又要挂牌子找人了。”上海房东从来不用担心房子租不出去，真的，一点也不用。

子杰就这样回了家，当他扛着三个大箱子敲响门时，父母却没有半点责怪，只是说：“回来也好，也好，咱不愁找不到工作。”那一刻，倒是子杰格外想哭。

子杰很快就找到了新的工作，当然工资比在上海的时候低，但子杰并不在乎这个。唯一让子杰反感的是，公司内部拉帮结派，几乎每个人都在考虑如何巴结领导，而不是认真工作。公司业绩迅速下滑，大部分人都看在眼中，只有子杰一个人贸贸然提出，但很快就吃了教训——领导不但没有表扬子杰，反而给了他小鞋穿。没多久，子杰再次离开了新公司。

之后的几份工作，子杰越来越不满意，他发现，小地方的人对于脑子里有想法的人都有着天然的排斥，他们更喜欢按部就班地工作，并不喜欢思考。过年时，子杰是唯一没有给领导送礼的人，于是年后，子杰也是唯一一个没有季度奖金的人。

子杰打电话给老同学，大家都说子杰傻，这个社会，你不知道一点生存法则，还怎么活得下去？子杰只觉得好笑，这是生存法则吗？

他开始不上班，潜心在家里画图纸，他也不知道画那些图纸是为了什么，但是他觉得关在屋子里，认真创作，便能找回当时在上海工作的状态来。父母很担心他，见他几日不吃不喝，都怕他做出什么傻事。三天之后，子杰兴奋地拿出图纸给父母看，然后给了他们一个大大的拥抱。

“爸妈！你们看，这栋楼我终于画好了，我想了好久好久，终于……”

这时老爸突然开口，说：“小杰，要是你觉得在家不开心，就随心去吧，爸妈在家还能应付，不要太顾及我们。”

老妈也顺应着说：“你回来之后，我就没有见你笑过，我和你爸商量好几个晚上了，你睡不着，我们也一样。”

“爸……”子杰说，“我没事。”声音却已经有些颤抖。

老爸拍了拍子杰的肩膀，说：“你还年轻，应该去追求你想要的，不要把青春都留在了大都市，最终却留不下自己。”

子杰的“二度回沪”让很多人觉得好笑，但子杰就拿着向父母借的五千块钱，在上海重新开始了新生活。他住到了最初住过的2号线尽头，离浦东机场只有几站路的川沙，每天早上六点钟出门去上班，坐一个半小时的地铁，但是子杰一点也不觉得累。

请柬寄到的那天，子杰同时也接到好友卫东的电话：“你小子跑走了，又跑回来，你真当人生是过家家啊，也只有你玩得起。”

“我就是没心没肺啊，哈哈。”

“下个月我结婚，你无论如何要回来一趟，别的我不说，伴郎留给你了。”

子杰穿梭在两座城市的上空，很多时候，他都有一种错觉，从七年前开始，每次落地虹桥或者浦东，他都非常熟悉周围的气息，那些听起来又快又拗口的上海话，好像特别让他安心。

他迈的每一步都很踏实，虽然并不轻松，但他知道，自己在哪里，在做什么。

PART 02 >
比你想象中更有意思的爱情

Addicted

to

Imperfect You

谁不想在大冬天
做一名安静的美男子

【1】

斌斌打电话给我，开口就爆粗，然后义愤填膺地说：“阿光，你得帮我做主，我才不是一个没有好脾气的坏男人对不对？”我听得有点晕，说：“你这是唱歌呢，还是唱戏呢，能不能说点人话，你到底是要表达自己好还是不好啊？”斌斌愤愤地出着粗气，然后说：“总之，樱桃因为我脾气不好和我分手，我就是接受不了！”这时我瞧了瞧坐在我对面办公桌的樱桃，她正在慢条斯理地涂着指甲油。

午饭时间我约樱桃去怀旧餐厅，樱桃说：“阿光，你请我吃饭可以，千万不要劝我和王成斌和好，他是个疯子，真的。”我还没有来得及问，樱桃就接着说，“你扪心自问，他是不是一个粗暴的人？”

我点点头，道：“北方男人都这样，你应该知道的，这么多年了，又不是第一天认识。”

“既然你都承认了，那我也就不说别的了。”

“但是他人还是蛮好的啊，虽然……处事方法上，有点过激。”

“今天的汤面有点咸，下次换家吃吧。”樱桃直接跳过这个话题，站起来去自助区倒水喝。

【2】

斌斌常说，他真的不是脾气不好，只是缺乏耐心，缺乏细腻，缺乏一丁点的儒雅，但总的来说，他的初衷是好的，心地也是好的，只是在处理问题的方法上面，带着浓烈的北方风格。

好比遇到一个哭闹的小孩，大部分人都会轻言细语地问，小朋友，你为什么哭啊，你爸爸妈妈呢？斌斌只会走上去，蹲下来，原本想要拍拍小孩的头，结果一用劲，小孩哭得更厉害了，于是斌斌只好严厉地说：“别哭了！再哭就把你卖给人贩子！”这时候，小孩的父母过来，睥睨而视，抱着小孩找斌斌理论起来。斌斌不理解自己的好心为什么会被误认为恐吓，一下站起来，想好好理论一番，结果高过小孩父亲半个头，家长只好拉着孩子逃离现场。

斌斌又说，他真的不是脾气不好，只是在家里父亲和母亲一吵架总是比谁声音高，父亲爱掀桌子，母亲爱砸碟子，斌斌耳濡目染。于是他全赖在父母身上，指着父母说，都是你们遗传！父母说，这孩子肯定疯了，我们哪里来的这火爆脾气，像我们这样温柔的父母怎么养了你这么个熊孩子。

那天斌斌到公司楼下，想堵住樱桃，好好和她聊聊，她整整有一周没有接斌斌的电话，也没有回他的短信，甚至所有能够联系到她的方式，她通通选择了过滤“王成斌”三个字。

我在楼下看见斌斌，他拿着一束玫瑰花，如果我没有数错，应该是十二朵。我说：“怎么是十二朵？”

斌斌说：“原本买九朵，我只是问老板为什么那么贵，他就送了我三朵。”他总是省略掉关键的东西，我知道他绝非问老板这么简单。

斌斌问：“樱桃呢？”我说：“樱桃今天休假了。”斌斌皱着眉头：“那你怎么不告诉我？”这时写字楼大厅的所有人都把目光投向了他，他左右望望，清了清嗓子，压低声音说：“你为什么不告诉我？”我说：“你没告诉我你要来啊。”

于是我和斌斌蹲到了路边吃麻辣烫。斌斌三杯两盏淡酒，顿时拍案而起，麻辣烫的碗差点被震得粉碎：“樱桃肯定是在家里等我，我怎么没想到呢！”

我扶着额头看着他：“你省省吧，樱桃请假去北京了，她说她想换个心情。”

“靠，你怎么不告诉我。”

“我是怕你伤心，说真的，你得take easy一点，年轻人，不要那么冲动……”

“冲动？我冲动吗？我不过是声音粗了一点，力气大了一点，何况那天我只是想帮樱桃扭开鲜橙汁的盖子，不知道怎么就捏爆了瓶子，溅了她一身，但是你知道，我只是想扭开盖子而已。”

“我知道，我知道，只是，有时候，你不用那么用力。”

“靠，阿光，是不是樱桃和你说了什么，怎么我听着这么色情？”

我长长地叹了一口气，说：“我陪你喝酒，除了这个，我也不知道能做什么了。”

【3】

斌斌和我在衡山路喝多了，他却执意要扶我回去，如果我们就这样摇摇晃晃走在深夜上海的大街上，一辆车从巷子一出来，不留神准能把我们撞死。我叫斌斌去公园坐坐，斌斌说：“两个大男人，深夜去公园，要被说闲话的。”我来不及理他，扶着栏杆又吐了起来。

斌斌走到公园门口，突然说：“夏天的这个时候我和樱桃在复兴公园坐着聊天到深夜，结果我尿急，一时间没找到厕所，就准备在旁边解决了，谁知道一踩进去，踩到一个喝醉酒的男人，还好我当时踩得轻，那个男人只是右臂骨折了而已。”

我扶着墙，对他说：“斌斌，你健身卡快到期了吧，到期就别续费了。”

斌斌摸了摸头，说：“上个月到期了，正巧遇到打折，我又续了两年。”这时一只飞蛾慢悠悠地飞过，斌斌屏气凝神，一掌下去，飞蛾死无全尸，墙也裂了个口。

斌斌说：“阿光，我送你回去吧，我看你走路都走不直了。”

我说：“没事，你帮我拦辆出租车就行。”

斌斌点点头，站在马路上招车，我们不知道走到了哪条路，看不见路牌也看不见人，来往的车也少。好不容易来了一辆，斌斌招了下来，他伸手去帮我开门，扳了两下，没打开，他咂咂嘴：“靠！”再一用力，门把手碎了。司机让我们赔一百块，斌斌又要找他理论，差一点打起来，我说：“算了，算了。”斌斌面红耳赤地说：“不是，我得和他说清楚，你拉着我干吗，我又不打他。”

司机最后没让我们赔钱，但也没让我们上车。

【4】

夜里躺在床上，我突然接到樱桃的电话，樱桃说：“睡了？”

我说：“没睡呢，刚刚和斌斌在衡山路折腾到现在。”

樱桃哦了一声，接着说：“你们去喝酒了？”

我只觉得胃里翻江倒海，撂下电话，就奔去了洗手间，再回来，樱桃居然还在，说：“你没事吧？”

我觉得嘴里一阵苦辣，说：“还好……”

“他没事吧？”樱桃不觉地问了一句。

“你想想也知道啊。”

“不是，我不是指喝醉酒，我是说，我和他分手的事。”

这时我才意识到他们分手了，又突然想起是因为他们分手我才和斌斌去喝酒的，但是曾经也有好多个夜晚，他们吵架，斌斌来找我，拉我去酒吧喝到烂醉，樱桃打电话来哭，说斌斌回家的时候，醉醺醺的，又和楼下保安打起来了，头流着血自己走去医院，还一面对着我和樱桃傻兮兮地笑道：“没事，没事，有啥事。”有时斌斌不回家，就在我家的地板上睡，樱桃打电话来，问斌斌的情况，语气和现在无异，以至于我没有觉得他们这次是真的分手了。

“没事，有我在呢，放心。”

“不是我不放心，而是，他要是不意识到自己脾气不好，我真的很难和他在一起。”

“我知道，我会劝他的。樱桃，你啥时候从北京回来啊？”

“不知道，我请了一周假，我得好好想想。”

“嗯，你好好想想，让他也好好想想。”

【5】

斌斌给我发信息，说他买了去北京的机票，下午三点起飞，他要去寻回他的幸福。我火急火燎地赶到虹桥机场，才知道他买的机票从浦东飞，我打了车快马加鞭赶过去，告诉他别急急忙忙赶过去，也许徒劳无功，结果刚到机场，就看见他和一个男人在那里扭打起来。

保安把他们拉开，然后把他们纷纷带进了小房间，我跟在斌斌后面，斌斌的脸上肿了一块，旁边还有个哭泣的小姑娘，她冲过来，给了斌斌一巴掌，说：“谁让你打我男朋友的！”

后来我才知道，斌斌在办理登机手续的时候，听见旁边的男生冲她女朋友吼了两声，他一气之下绕过人群就和那个男生理论起来，他说男朋友不可以对女朋友这么凶，要呵护她，照顾她。那个男生嫌斌斌多管闲事，于是两个人就扭打了起来。

我和斌斌坐在机场，飞机已经飞走了。我问他："痛吗？"他说："心痛。"我说："你就是太……热心。"他说："北方人都这样。"

半晌，他看着我，迟疑了片刻说："阿光，我是不是真的脾气很差？"我点点头，然后说："不过嘛，北方人都这样。"斌斌摇摇头："不行，我不能总是带着这个借口，你知道吗，其实我小时候很自卑，个头不高，总是被人欺负，坐在前排，老师也看不见我，后来我迷上了施瓦辛格，我立志要跟他一样勇猛，你知道其实施瓦辛格演戏之前，也是很瘦弱的，当时我就想能够多被重视一点也好啊，所以我真的不知道从哪天起，就变成这样了。"

"你和樱桃说过吗？"

"我要做一个保护女人的男人，怎么能随便把自己的心事告诉她呢。"斌斌仰着头说。

"但实际上，你真的……太用力了。"

"靠，老实交代，是不是樱桃和我分手有别的原因？"

"你想多了，我只是想说，你保护得太用力，呵护得太用力，爱得太用力，她有些喘不过气了，你可以不用那么……强硬的。"

"那怎么行，我可是男人啊！"

"你就不能安安静静地做一个美男子吗？"

"我被打成这样了，哪里还美……"

“靠，王成斌，你真的够了！”

“阿光，以后要是我再发火，你就抽我，你一边抽一边骂我，可以不？”

“这种事，你别找我，找樱桃吧。”

“刚刚我看见那个男生对他女朋友凶，我就在反省，我是不是真的脾气不好了。”

“看你有悔改之意，我可以帮你……不过……”

【6】

樱桃从北京回来的那天，我通知斌斌去接机，那是他们和好的最后机会。斌斌照我的指示，穿了一件黑白相间的奶牛装，一米八的高个儿站在国内到达的出口，立马引来了众人的目光。斌斌一边在心里骂我，一边红着脸举着牌子，牌子上写的是“樱桃老婆”。

樱桃出来的时候，斌斌被众人围住了，一个小妹妹过来，想和斌斌合影，斌斌原本焦急地想要把小女孩一把推开，但又想到自己不能再这么残暴，于是轻声细语地跟小女孩说：“哥哥要去找樱桃老婆了，下次陪你玩。”小女孩咬着手指问：“什么是樱桃老婆，能吃吗？”

斌斌看到樱桃已经拖着行李箱走远了，他一边跑一边叫樱桃，但这连体衣实在行动不便，斌斌差点摔了跤。他一气之下扯破了衣服，撕裂了脚口，袒露着胸往机场外跑。

“樱桃！樱桃！”

樱桃扭过头看见他，那身破烂衣服让他看起来滑稽极了，但她却强忍着没笑。斌斌拉住樱桃说：“樱桃，我以后一定管好自己的脾气，我们不闹了好不好？”

樱桃摇摇头说：“不好。”

斌斌扯着衣服问：“是不是因为我穿了这个傻不拉几的衣服，我就知道阿光整我！”

樱桃说：“和衣服无关，你说的话以前也说过，但是遇到不开心的事，你还是会板着脸冲我吼，做什么事情都不顾后果，残忍粗暴，每次都只是说说而已。”

“这次我真改，我发誓，我会像阿光说的，安安静静，绝对不闹了。”

这时大巴来了，樱桃提着行李走上去，她说：“我要回去整理材料，明天要上班了。”

车开走了，空空的机场出口，只有斌斌傻乎乎地穿着奶牛装，吹着秋末的凉风。

【7】

上海迎来了冬天，斌斌穿得跟个粽子一样说请我吃羊肉火锅，我很久没见他了，在公司楼下发现他真的变了，以前的他哪里会在大冬天穿羽绒服，只会穿着耐克的薄外套蹦蹦跳跳。他突然安静了，不说话了，一下子让我有些不习惯。

“斌斌，你还是别这样，我像和一个不认识的人在一起。”

“我要安安静静的，改不好就不去找樱桃。”

“靠，你毅力真强。”

“这是修炼。”

我突然想起某一年冬天，当所有人都窝在宿舍躺在床铺上不想起床的日子，斌斌穿着短裤从操场跑步回来，他拉开每个人的被子，要所有人像男人一样，跟他去跑步。最后当然只有我被他说动，虽然人起来了，但实际上我也不想跑，只是绕着操场“磨洋工”。有一天，一个女生问我，那个每天跟超人一样的男生是谁啊，这么冷的天还能起那么早，穿那么少，精神真感人。那个女生就是樱桃，也是那个时候，她被斌斌这样的男子气概感动了。

樱桃最开心的是，她有一个高高帅帅的男友，走到哪里都能拿出手，但是很快樱桃就苦恼了，因为斌斌实在太暴力。听说他想进女生宿舍给樱桃送牛奶，被宿管阿姨拦在楼下，他只是轻轻一吼，阿姨就耳鸣了。又听说，开水房的开水有限，他总是没下课就提着壶去帮樱桃排队打水，遇到插队的男生，他就把他拎出来，但是每次不是把别人衣服拉破，就是把别人暴打一顿。身边的人都说樱桃是驯兽师，一点也不羡慕樱桃，但是樱桃不以为意，也忍了这么多年。

工作之后，斌斌的臭脾气却变本加厉了，隔三岔五发火，不是拍案而起，就是怒发冲冠，在家基本板着脸，连笑都笑得像恶人。

我和斌斌在涮羊肉的馆子坐下来，发现樱桃也在旁边，跟她坐一桌的是一个胖乎乎的老男人。斌斌正巧对着他们坐，看了樱桃一眼，又很快收回了目光，低着头，不说话，像个犯错的孩子。

我扭头看了他们一眼，随即看到那个老男人不自觉地动手动脚起来，樱桃说："陈总，不好意思，你的手……"那老男人色眯眯地笑，说："不碍事，不碍事。"樱桃看了我一眼，我看了斌斌一眼，斌斌竟然还是低着头，默默地涮着羊肉。

这时，那个老男人又靠近樱桃了，还给樱桃倒了一杯酒："来来来，樱桃小妹，喝一口白酒暖暖身。"樱桃连忙摆手说："不行不行，陈总，我不会喝酒。"要是往常，斌斌早就"揭竿而起"了，这会儿他就跟个孙子一样，窝在暖暖的羽绒服里，乖乖地做粽子。

老男人的手眼看就要伸到樱桃大腿上了，斌斌终于忍不住拍了桌子，起身冲到隔壁桌，拉起樱桃，脱了外套扔在樱桃手上，二话不说就压着那老男人揍起来。

“哎呀，你是谁啊你，你……你、你怎么打人啊！”

“打的就是你，下流胚！”

“你你你……你，哎哟！”

最后那个老男人连滚带爬地跑了，斌斌拿回外套，穿起来，默默地走出去了。我和樱桃面面相觑，跟着跑了出去，我追上斌斌，发现他哭了。

“喂，你干吗啊？”

“不要理我。”

“你发什么神经啊？”

“我打人了，我又打人了，樱桃不会再理我了！”

“靠！”

“我就知道我忍不住，我他妈就是个屠夫！”

我第一次看见斌斌哭，连毕业都没有流过一滴泪的大男人，居然就这样在大街上情不自禁地哭起来。

这时候，樱桃突然叫了他，他没有停下来，樱桃又叫了他，他不走了，也不回头，樱桃穿着高跟鞋追上来。

“王成斌！”

“樱桃……”

“你要累死我啊，叫你你还不听了是吧。”

“我知道我脾气不好了，我知道你要说什么了，我本来想跟你说，我那天真的不是随随便便说说，但是我还是打人了，妈的，我真看不起我自己。”

闪亮的霓虹灯下，我看到樱桃的眼眶闪闪发亮，她望着流泪的斌斌，说：“回家吧……”

斌斌点了点头，兀自向地铁站走去。

樱桃又叫了他一声：“你去哪儿啊！”

“你不是叫我回自己家去吗？”

樱桃跺着脚说：“你永远都那么笨！”

那天夜里，我躺在床上玩手机，看见斌斌的签名换成了“我也想做一名安静的美男子”，他的空间里突然多了一张照片，那是他对樱桃的约法三章，最后盖上了他大大的拇指印。

我又想起大学那年的某个冬天，斌斌冒着大雪在操场跑圈，樱桃向我问了他的名字，迎着雪花，跑上去给他挂上了自己织的第一条围巾。

喝醉了，才有理由打扰你

老张说我写的这么多故事里从来没有提过他，所以过年聚会的时候，他一直不停地敬我酒。我说："不是不写你，是怕写不好你，你一个大老爷们儿，不适合出现在我的故事里，我这故事里都是小情小调，你侬我侬，怕气场不和，最后你来把我灭了。"

老张说："得得得，在你眼中，我也就是个民工，配不上风花雪月的事儿呗。"

我说："不不不，我一直没这么瞧你，如今你都是张总了，我哪儿能把你看成民工呢？"

老张说："那你陪我喝酒，多喝点，喝多了，我让你也看看老张我多情的一面。"

我揶揄老张开玩笑，斜眼看他说："你别酒后乱性啊。"

老张在我屁股上一拍，说："老哥才没那嗜好。"

后来我俩真醉了，坐在酒店门口，老张搭着我的肩膀说："周，每次喝醉酒，我都想起一句话。"

我歪头看他，问："啥？"

老张说："酒醉了才知道你爱谁，生病了才知道谁爱你。"

他打了一个嗝，说："我和你说一个我从来没讲过的故事，你可别笑啊。"

男人在成为男人之前，还是一个不懂喝酒的男生，那时候出身不好，念技校，身边都是抽烟喝酒的狐朋狗友，男生下定决心不与他们同流合污，在寝室也好，出去玩也好，不管其他人怎么唆使怂恿，男生就是不为所动。

当时技校对面有所卫校，里面都是漂亮姑娘，狐朋狗友们都学着香港电影里的小混混开始去勾搭那些心仪的女孩子，当时《纵横四海》《龙行江湖》这类片子是大家的"生活教材"，男生有时候也被拉着一起看。渐渐地，身边的朋友都有了女朋友，男生还是单着，眼看在技校就要结业了，大家随机分到各个厂区，有的人很快就结婚了。

男生工作了两年后，家里人开始着急给他相亲，一来二去，也认识了一些姑娘，也谈不上完全没感觉，但男生始终觉得，那些都不是他心目中可以组成家庭的人。父母一急，就和男生起了口角，后来男生索性搬出去，住到了厂区宿舍里。当时的厂区宿舍和现在不一样，因为人多房少，所以男女多半都是混着住的，他也就是在那里遇见了她。

现在就姑且叫她小沫吧。

男生看见小沫第一眼的时候，觉得她特别像翁美玲，那时候电视里刚好热播《射雕英雄传》，翁美玲几乎是当时一代人的女神，男生第一次有了心动的感觉。

夜里下班回来，看见小沫在过道洗衣服，男生和她简单打招呼，后来聊了几句，彼此成了朋友。

但是那时候男生还是害羞的男生，说不到几句话，就容易脸红心跳找不到话题，时间久了，好像原本谈话内容就不多，后来索性没有了，两个人又从能够闲谈回归到只能点头，男生觉得自己糟糕透了。

后来小沫开始和另一个男生来往，就姑且叫他大虫吧，因为他又壮又高，就像大虫。男生意识到大虫渐渐取代了自己的位置，就开始着急，那大虫可是吃喝嫖赌抽五毒俱全的男生啊，自己根本没法比。看着大虫时常来找小沫，男生心里可不是滋味。

于是男生找来几个以前技校的老友，让他们来陪自己喝酒。刚开始，喝两口就醉，醉了就趴在桌上睡。几个老友看不下去，只有扛着背着送他回去，上楼下楼总是撞见小沫，几个损友还帮忙解释道："喝不得还喝，你看，趴下了……"然后跟着小沫一起笑。

后来呢，继续喝，继续醉，虽然酒量越来越好了，从一杯喝到一瓶，但是还是醉得倒下，损友们又继续扛着他回来。

有一次，有两个老友有事，只剩下一个老友扛他回来，一个人扛着还是有些吃力，正巧遇见小沫，小沫就帮着扛，男生没止得住，上楼就觉得胃里翻江倒海，一下吐到了小沫身上。

小沫说："不要紧，不要紧……"回了屋换了衣服，还打了热水帮男生擦脸。

等男生知道这些丢脸事情的时候，已经是一个月之后，男生从老友那里听到这些酒后糗事，顿时觉得以后都没有脸面去见小沫了。

他在小沫门口站了很久，小沫开门，他立马红透半张脸，支支吾吾说不出话来。男生说："其实我不是酒鬼，我没那么爱喝酒的，我只是……"

小沫微微一笑，说："没事，我知道的。"

男生从窗户望出去，眼看小沫和大虫越走越近，心想什么都为时已晚了。他恨透了自己没有早点学会喝酒抽烟，更恨自己没有那份表达内心的勇气。

那天夜里，男生又邀了老友去喝酒，但这次，他没喝醉，而是喝到全身发烫，他决定去找小沫说清楚。当他敲响小沫的门时，开门的却是大虫，大虫皱着眉问：“干吗？”男生一下把想说的话都咽下去了。

一个月后，班组调动，小沫被调到了男生的班组上，而且成了男生的小徒弟。之前小沫都是做文职，这次是第一次做操作工，很多东西都不懂。男生顿时觉得自己责任重大，总是很耐心地教她，她也很耐心地学，有时候小沫遇到不懂的，夜里也会敲门问男生，男生心里格外开心。

有一天，男生知道小沫一个人在家，他到楼下买了酒，猛灌了两瓶白干，等到酒精起了作用，就去敲小沫的门。小沫看他满脸红霞飞，以为他又跑出去喝酒了，说：“累了就早点休息吧。”男生摇头，像块木头一样杵在那里，说：“小沫，我……”话没说出口，一阵头晕，就这样倒下去了。

年终班组吃年夜饭，男生和小沫坐一桌，几个插科打诨的同事过来敬小沫的酒，小沫说不能喝，男生立马站起来帮她挡了。那几个同事也是故意捉弄男生，说要帮就得帮到底，那一箱啤酒立马就空了。几个同事有些醉了，男生却叫嚷着要继续喝，说欺负女同志的，算什么好汉？小沫抬头看他，他拍拍小沫肩膀说，没事，哥在呢。

男生觉得，自己突然之间成长为男人就是在那一夜开始的。

小沫扶着他走了一段路，他却说自己可以走，于是轻轻推开了小沫的手。

小沫走在男生身边，忙不迭地问：“没事吧？”男生一边挥手，一边说：“没事没事……”

走了几步，小沫说：“其实，你没必要帮我挡的。”

男生说：“没事，没事。”

又走了几步，小沫突然哭了，男生被吓到了，立马停下脚步：“怎么了？”

这次换小沫说：“没事……”

男生当然不相信，说：“没事你才不会哭。”

“真的没事。”

后来，男生才知道，大虫赌钱输了，欠了一屁股债，跑了，人走了，债却留下了，小沫原本打算春节回家给父母买冰箱的钱都给大虫还债了。

这些事，是小沫的朋友告诉男生的，男生当天二话没说，跑去家电城，给小沫买了一台冰箱，然后找人扛到了小沫门口。小沫说：“你这是干吗啊？”

男生笑着摸摸头，说：“我借你钱你肯定不要，我就借你一台冰箱，等你有冰箱了再还我。”

小沫望着男生，还没来得及拒绝，就哇哇大哭起来。

男生开始喜欢上了喝酒，后来越喝越多，他总想着喝出点勇气来，一来找小沫表白，二来找大虫算账，但是，到最后，男生往往都是醉倒在小沫家门口。次数多了，小沫就和男生的几个好友说，以后让男生少喝点，别老灌他了，然后把男生扶进屋，烧水帮他揩脸。

夏天快到的时候，男生接到调厂的通知，一整个下午都闷闷不乐，他想着该做的事还没做，换了厂区就要换宿舍，去了城里，可就没那么容易再见到小沫了。下班过后，男生决定喝一瓶白酒壮胆，敲门看见小沫就说，不管是好是坏，也就那么一次。

没想到的是，小沫那天并不在家，男生坐在家里等啊等，等到头晕乎乎的，就快睡着了。这时候，有人开隔壁的门，他立马跑去看，一拉门，就看着几个姐们儿把小沫扶回来，她们说：“这丫头今天疯了，一直喝，不知道怎么了，喝了就哭，哭了就喝。”

男生在厨房烧水，然后坐在小沫旁边，他突然想到，似乎有好几个夜里，都有一个人坐在旁边和自己说话，那些轻言细语的话，像是倾诉，更像是可以说到他心里。

这时小沫微微睁开了眼睛，看见男生坐在她床边，惊吓地坐起身来，男生后退几步，说：“我……我没干吗……”

小沫定睛看清楚是他，才放松了警惕。

男生说：“你干吗喝这么多啊？”

小沫说：“那你平时干吗喝那么多啊？”

“我……我……”男生知道这是最好的机会，趁机说出口，死也就死一次，然而，话到嘴边，最终又咽了下去，“我喜欢喝。”

小沫看着他的眼睛，说：“是吗？”

“嗯，是啊。”

“你啊，很讨人厌啊！”

“啊？”

小沫皱着眉，略显生气，说：“每次喝醉都趴在别人身上吐，然后稀里糊涂说一堆别人听不懂的话，问你也从来不回答，每次都麻烦别人，你过意得去吗？”

“对不起……”

“但是，就是这样的人，平时再怎么也不会去打扰别人，静静地帮助别人，即使心中有好多话，也都憋在心里，也是这样的人，总是要喝醉了才敢去打扰别人，但一辈子，总不能都活在醉生梦死里吧！”

“我……”

“你什么你啊？最讨厌的就是你啊！就连要调走了，也说不出口，不是浑蛋吗？”

男生突然走过去，望了小沫很久，最后，他说：“陪我再去喝点吧。”

“啊？”

“如果，只有喝醉了才敢去打扰对方的话，那就让我们再醉一会儿吧。”

老张咳了咳，我在旁边竟然听入迷了：“这是你的故事？”

“不，不是我的。”

“我以为是你的呢。”

“知道我为什么这么能喝酒吗？”

“不知道。”

“因为我爸就是这样才追到我妈的啊。”

“啊，你是说……”

“当时我爸和我妈有我的时候，就说，生了儿子可不能再像他一样，喝不了酒，还要麻烦人家姑娘啊，于是，我从小就这样成了酒鬼。但后来，我妈才意识到，如果没有被麻烦的姑娘，那不是更没有机会遇到好人了吗？”而当时，老张和他老爸只是相视一笑。

“笑什么？”我问道。

“哈哈，秘密！”

老张和我讲完这个故事的时候，我们决定再喝两杯，下个月，他就要和他心仪的好姑娘步入婚姻的殿堂了，他说他也曾无数次为她挡酒，就像当年他爸那样意气风发。更重要的是，因为喝不醉，他便学着老爸很多次装醉的样子，等着好姑娘扶他回家。

执手陪你待天明

芸芸吃了两口红烧肉，眨巴眨巴眼望着我，我说：“有话你就讲。”芸芸还是欲言又止，继续吃了两口红烧肉，我实在憋不住，用盖子盖了那碗肉，她终于停下了手里的动作，咽下红烧肉，说：“阿光，你养我吧，我不想上班了。”当芸芸说出这句话的时候，我着实内心受到惊吓了，第一，我不是芸芸的男朋友，第二，芸芸有男朋友，因此，我不得不怀疑这是不是在暗示我什么。然而看着我脸上的表情，芸芸把筷子往桌上一拍，说：“你可别想歪了！”我颤抖着嘴：“那你说，啥意思？”芸芸瘪着嘴，吸了一口气，说：“我怎么讲呢，总归也只能和你讲。”

如果说大部分人想到“辞职”，不是因为工作委屈了自己，就是因为自己辜负了工作，但是对于芸芸而言，她不想上班了，却并不是以上两个原因。事情要说回芸芸的工作上，她不想上班了，却不能和自己男朋友说这件事，不是因为担心男朋友会劝她不要辞职，而是担心男朋友怀疑她辞职的原因。

芸芸的工作是帮人办离婚，对，就是办那九块钱一本的离婚证，看着曾经海誓山盟的两个人最终撕破脸吵着架指责对方地走向终点。

芸芸的大学专业是社会学社会关系，毕业之后并不是太容易找工作，于是父母托熟人把她塞进民政局，半年后顺势考了编制。刚开始想着工作轻松稳定有钱拿，也不是什么坏事，但是没多久，芸芸就发现了问题。比起那些年轻的小夫妇因为吵架过来离婚，年近花甲的老夫妇摒弃过去相濡以沫的回忆执意要离婚，而且原因竟然是老太太跳广场舞的时候勾搭了别的老大爷，这更让芸芸的心情差到了极致。就是那个时候，她竟然做起了和事佬，想尽可能劝和他们，但最后却被指责没有职业道德。

时间久了，她发现身边的人对于离婚的事都特别淡然，办公室里的陈姐和芸芸说："现在这个时代，爱情就是在结婚的那一刻坏掉的，有时候觉得，相爱的人还不如不要结婚。"就是这句话，根植在了芸芸心底，她正巧到了谈婚论嫁的年龄，和男友也交往了两三年了，感情一直很好，而一天天面对这些破裂的感情，芸芸也开始“恐婚”起来。

“隔三岔五我妈就会问我什么时候和大力结婚，其实，我心中原本是有打算的，但我妈一问我就慌了。而现在，你要说我真的不相信爱情了，我也没有，可是想到，如果我和大力结婚之后，面对那些柴米油盐最终变成那对老夫妇那样，因为小事就彼此猜忌，多可怕啊！”

这时我送芸芸下楼，说：“这么说来，你要辞职倒也挺有道理的啊。”芸芸始终皱着眉，说：“但是，你知道，我那专业根本不好找工作，而且，当时进民政局也是我爸妈好不容易托关系把我弄进去的，现在待了快两年了，突然换工作，真的不知道换什么，要是我和大力说，大力或许不会阻止我，但是如果我和他说，我是因为这份工作而开始质疑婚姻，我想他心里肯定也会有想法吧。这种事，在别人看来，好像怎么都像借口，但是却是真的。”

我和芸芸认识十几年了，如果说有什么事她只能找一个最信任的人商量，她能想到的多半也只有我。因为她，我和大力也成了不错的朋友，大力在一家房产公司做运营，算来也是不错的工作，他和我透露过，打算过了这两年就内部买套房，把芸芸娶回去。

“我还是觉得，这件事，最后必须得到的反而是阿力的支持，其他人的都没用，毕竟，这份工作你觉得最大的问题不就是和阿力今后的关系不确定吗？”

而我没想到的是，芸芸不但没有辞掉工作，两个月后还和大力步入了婚姻殿堂，芸芸给我发来邀请函的同时，也发来了让我做伴郎的邀请。当天芸芸穿得格外漂亮，叫我一起去吃汤锅，看她神采飞扬的样子，我倒特别想知道到底发生了什么。

“事情是这样的……”

芸芸那天回去，坐在沙发上等大力回家，和往常一样，大力总是在八点左右一脸疲惫地推开家门。他看着芸芸坐在沙发上，桌上空空如也，没有饭菜，大力倒没说什么，换了衣服就叫芸芸一起出去吃饭。芸芸一路上都没有说话，吃饭也没有吃多少，回家之后，大力让芸芸洗澡早点睡，自己还要忙一会儿。

第二天，芸芸依旧没有做饭，大力还是和前一天一样，带着芸芸出去吃饭，后来，芸芸连衣服也没有洗，洗澡就睡了，早上醒来的时候，阳台上已经挂着洗好的衣服，桌上也放好了早饭。

第三天晚上，芸芸刚回家，桌上已经摆好了饭菜，大力围着围裙从厨房出来，笑眯眯地和芸芸说：“快吃吧。”就是那一刻，芸芸突然哭了，大力吓到了，过来抱她，她说：“以后我都不做饭不洗衣服了，你是不是会嫌弃我。”大力让芸芸先坐下，说：“比起嫌弃你，我会先怪我自己。”芸芸歪着头看他，问道：“为什么？”

大力解下围裙，说：“老婆为什么会突然不做饭不洗衣服了，一天是心情不好，两天是心情不好，要是三天四天还是这样，那就是老公做错事了，老婆不说不闹，已经是忍让，老公要是不自我反省去发现错误，那还有什么资格做老公呢？”

“但是阿力，现在我们还没有真正在一起，所以彼此会有那么多的妥协和忍让，但是如果我们结婚，我怕真的遇到这种事，你或者我，就不会再这么冷静了。”

大力微微叹了一口气，说：“芸芸，辞掉工作吧，我养你。”

芸芸的鼻子突然一酸：“我不要，我才不要做一个依靠别人的女人。”

“我让你辞了，不是想你依靠我，我养你，也并不是要你急着和我结婚，而是保持恋爱的关系，让我做一个老公先试试，如果因为担忧而不敢踏出那一步，我就一直做一个追求你的人。我们在一起三年了，我不担心再等三年，到有一天，你会发现，其实结婚不结婚并不是最重要的，而是相处的方式才是关键。”

芸芸的眼泪落在衣服上，大力就这样握着芸芸的手，在她的额头上轻轻一吻：“好了，先吃饭，虽然做得不好，但是这都是我一个人做的。”

吃完那顿饭，芸芸终于说出了这些年都想说的话：“阿力，周末请假，我们去你老家看看你爸妈吧。”大力顿在那里，芸芸又说了一遍，“我想和你一起，去看看爸妈。”大力咧嘴笑，抱住芸芸说：“你确定吗？”芸芸用力点头。

芸芸和大力在一起三年，从大四到现在，大力很少在芸芸面前提起自己父母，而这时候，芸芸觉得，不管以后怎么样，是时候了。

大力带芸芸回家，大力的父母都是非常温和的人，虽然芸芸事先做好了各种准备，但是见到男友父母的那种心情始终是忐忑的。做饭的时候，芸芸进厨房帮忙，吃过饭，芸芸抢着洗碗，大力妈一直夸奖芸芸能干。

夜里大力和老爸到楼下去买零食和啤酒，芸芸坐在沙发上看着大力妈织毛衣，这时候，大力妈突然说：“芸芸啊，你觉得大力怎么样？”芸芸说挺好的，大力妈就接着说，“他啊，在你来前，可跟我和他爸打了不止一个电话，他说你是好姑娘，在民政局工作，工作是挺好的，就是老给别人办离婚，心里也对这爱情不自信起来，来这儿就是过来找自信的。”芸芸不知道，原来大力早就看穿了自己，一时间脸红得说不出话来。

大力妈继续说：“实话跟你讲，大力这孩子，不是我们俩亲生的，他是我哥哥的孩子，我哥哥嫂子在他五岁那年就不在了，原因我也不便说，那时候这孩子哭啊哭啊，我就跟他说，以后遇到一个好姑娘，就有一个新的家，有了新的家，大力就不怕没了爹妈。”

芸芸的心一紧，更是说不出话来，这些事大力从来没和她说过。大力妈手里织着毛衣，接着说：“就你们俩刚恋爱那会儿啊，大力就给我打电话，他一边哭一边说，妈，我找到你说的那个女孩了，我一定要给她一个家。当时我就说，好啊，好啊，你认定了就得坚持，再苦再累，都不能放弃，爱情和事业一样，自己选的，磨破脚跛着走，都得走完那条路。当时大力说了一句话，我至今都记得，他说，我想有个家，就是家里有我和她，少了我，还是少了她，都不算家。”

芸芸突然就哇哇大哭起来，这时候，大力买了芸芸最爱吃的蛋苕酥回来，芸芸趴在大力身上使劲哭，大力问大力妈，这是怎么了，大力妈说：“芸芸啊，应该找回点自信了。”

那天晚上，芸芸睡不着，大力也睡不着，大力坐起身来，对芸芸说：“老婆，我想带你去一个地方。”芸芸奇怪，已经深夜了，要去哪里，但是想着既然睡不着，也就应了他。

大力带着芸芸去了一栋旧房子，然后大力说：“我想背你上去。”芸芸问：“为什么？”大力说：“先背了再说。”

于是大力就这样把芸芸背到了顶楼，越是向上，越是满头大汗，从一楼到九楼，最后大力的双脚都有些颤抖。那栋房屋已经荒废了，门都是随意开着的，大力把芸芸放下来，推开走廊尽头的一扇门，喘了口气，拉着芸芸走进去。

“这里是？”芸芸问。

“以前啊，我没爸没妈，我姑姑，也就是我现在的妈常和我说，只要遇到对的姑娘，就会有个家。当时这栋楼是我们这一片最贵的楼，我那时候就对自己说，要是遇到对的姑娘，我就要买这栋楼顶楼的房，要有一个花园，陪她一起看落日看天明。后来，周边又修了很多新楼，这栋楼的人家陆陆续续也搬走了，这栋楼没有电梯，成了旧楼，但是我还是会常常来看，现在，听说它要拆了，我想，我得带你来看看。”

芸芸和大力坐在顶楼，远处皓月当空，特别安静，芸芸靠着大力问：“你刚才为什么要背我呢？”

大力说：“芸芸，我从小到大，只想和一个心爱的人住在一起，认真对待一份感情，如果有一天，你觉得我们变了，你就让我背你一次，像刚才那样，从一楼背到九楼，不管三十岁，五十岁，七十岁，让我们记得，这每一步，再难走，我们也坚持到了最后。”大力抱着芸芸，“让我牵着你，一起看天亮好吗？天亮之前，会有那么多的黑暗，但是，天会亮，坚持就会有希望，我经常对自己这么说。我不需要你对婚姻有信心，但，我想你对我，至少有那么点信心。”

芸芸和我讲完的时候，她自己已经哭花了眼，我说：“你别讲了，这婚礼，我一定去，不说当伴郎，让我当伴娘都行！”

后来，芸芸遇到那些要离婚的夫妻，都尽量和他们讲述自己和阿力那个背楼梯的故事，虽然有些人执意要分开，但同样也拯救了不少人的婚姻。芸芸开始能够直面大多数人的婚姻，她会告诉他们，东西坏了，旧的可以修，不必买新的，不是节约，而是那些回忆和感情，真的需要一个容器来储存。

一年后，他们终于有了自己的孩子，当大力得知他要当爸爸的那一刻，就像个小孩一样抱着芸芸大哭起来。

芸芸说：“大力那时候就像个孩子，不，像个没有资格上学却考了100分的孩子。”

爱，就是两个人一起吃成大胖子

媛媛妈一直秉着“女孩要富养”的理念，让媛媛从小到大想吃就吃，想喝就喝，才刚上三年级，媛媛就成了全班最胖的姑娘。那时候媛媛小，脸蛋红扑扑的，珠圆玉润，煞是可爱，邻居看了都要夸，说媛媛妈喂得好。媛媛抬头看妈妈，满面春光地笑。

可是稍稍长大一些，班上的女孩子开始穿漂亮的碎花裙，皮凉鞋，走起路来随风摇曳。媛媛去服装店买连衣裙，可怎么都塞不进去，买短裙，胖胖的大腿露在外面，看起来既笨拙又狼狈。媛媛愁眉苦脸，妈妈就安慰她说，别人都穿裙子，你就穿裤子，你要鹤立鸡群，你要独树一帜。

媛媛听了妈妈的话，大热天的还穿着齐脚的裤子，几个男生笑话她，她就哼哼地转过头去，虽然嘴上不说，但心里还是难过。看着操场上那些嬉笑打闹的女同学，自己怎么都显得格格不入。

后来媛媛不爱去上体育课了，就坐在教室做作业，所以她作业比其他人都做得好，分数比其他人都考得高。学生时代的成绩就像是一顶王冠，只要有了这顶王冠在，谁也不敢再随便取笑她什么了。

和媛媛一样不爱上体育课的还有胡豆，媛媛在教室做作业，胡豆在教室玩游戏机，胡豆每次“死掉”，都要一边骂天骂地一边拍桌子，媛媛觉得吵，走到他面前去叫他小声点，胡豆才不听呢，转个身继续玩自己的。媛媛拿起自动铅笔，朝着胡豆的胳膊戳上去，胡豆叫着跳起来，说：“你神经病啊！”媛媛不管，得意地笑，然后说：“你再拍桌子我就再戳你！”

那个时候胡豆矮小，媛媛又胖又高，胡豆看她要仰头，心里盘算着“好汉不跟女斗”，忍气吞声地收敛了自己的情绪。一来二去，媛媛也忍不住凑过头去看胡豆在玩什么，胡豆把游戏机递给媛媛，教她上下左右怎么按，结果媛媛第一次玩就破了胡豆的纪录，胡豆后来再也没突破那个分数。

媛媛第一次来例假也是在体育课上，那天她和胡豆坐在教室角落玩游戏机，媛媛起身，胡豆看见她白白的裤子上都是血，媛媛跳起来抓着胡豆大叫，胡豆晕血，看见就头晕。媛媛说，胡豆，我要死了。胡豆突然想哭，扶着媛媛说，我带你去找老师，你别死，死了就没人陪我玩了。结果老师表扬了胡豆关心同学，又把媛媛拉到一边做了生理课普及。媛媛从办公室出来，胡豆说，你怎么不去医院？媛媛红着脸，二话不说跑回了教室。胡豆还没弄懂，回家问他妈，他妈拧着胡豆耳朵说，小娃家家不学好，女孩家的事，你一天到晚研究啥！

一个暑假不见，胡豆突然长高了两个头，开学的时候，媛媛吓了一跳，这根本不是她认识的胡豆，不知道是从哪个星球偷渡过来的帅哥。媛媛想起那个年代，特别单纯，只要个子高一点，头发短一点，眉毛粗一点，皮肤黑一点，都是帅哥。而那个时候，因为媛媛吃得好，发育早，胸脯已经显露了，200米体能考试，媛媛最后一个跑完，胡豆看着媛媛上下起伏的胸，不禁想到一句诗——波撼岳阳城。从那天开始，胡豆和媛媛说话，总不像之前那么自然了，稍一低头，就忍不住脸红，夜里睡觉，胡豆梦见媛媛，湿了裤子，早起躲在厕所里，一个劲地猛搓起来。

升了初中，两个人不同班，但媛媛还是经常来找胡豆玩，每次看见媛媛出现，班上男生都忍不住笑着说：“胡豆胡豆，你家大脸猫来了。”其他人一笑，胡豆就觉得尴尬，原本放学一起回家，后来也找借口推脱，丢下媛媛一个人走了。

媛媛身子胖，走路慢，一个人占两个人的道，放学路上总是能轻易地在人群里望见她，大家指指点点，都在背后笑她。胡豆听在耳里，心里不是滋味。

后来媛媛成了胡豆班上其他男生的笑柄，有事没事都喜欢拿媛媛开涮，说谁没出息，谁将来就只有讨媛媛当老婆，口气中带着嫌弃和轻蔑，胡豆低着头，什么也不说。

有一次班上几个男生打赌跑步，谁输了谁去亲媛媛一口，胡豆不想参加，皮子就说，你该不会是喜欢那胖妞吧，要是上个床，她得压死你。胡豆丢了书包就和皮子打起来，两人挂了彩，通了报，各自进出主任办公室写检讨。大家都说胡豆是为了媛媛大打出手，消息一传十十传百，最后传到了媛媛耳朵里，媛媛骂胡豆傻，胡豆苦笑道："我总不能让别人把你当笑话。"

媛媛听在耳里，暖在心里，她知道胡豆对她好，也知道自己的胖给他带来了很多困扰。媛媛开始有些苦恼，她和妈妈说，自己是不是应该减肥了。妈妈顿了顿，问媛媛是不是有人欺负她。媛媛摇摇头。妈妈又顿了顿，问媛媛是不是有人喜欢上了她。媛媛还是摇头。妈妈就安心地说，那你就别在意，胖点好，胖点有福气。妈妈摸着她的头说，不要在意那些眼光，真正在意你的人，不会嫌弃你胖。

虽然妈妈这么说，但媛媛当时已经有了自己的想法，她开始偷偷减肥，妈妈早上塞的两个鸡蛋她只吃半个，剩下的带去给胡豆，中午吃饭只点素菜，忍着口水不去看别人的餐盘，晚上回家老妈给她盛鸡汤，她总是趁老妈去厨房端菜，又把鸡汤倒回小锅里。一个月下来，媛媛终于体力不支，在星期一的升旗仪式上晕倒了。胡豆把她背到医务室，她悄悄把秘密告诉了胡豆，让胡豆帮她保密。胡豆问她为什么要减肥，媛媛说，因为我当了十几年的胖子，想换个瘦子的生活方式。胡豆说，那你减肥也要注意身体啊。媛媛看着胡豆皱眉头的样子，忍不住笑了出来。

媛媛生日，胡豆送了她一本书，媛媛说她不想要书，想要一条连衣裙。胡豆看着媛媛渴望的双眼，跑遍了整个小城也没有买到适合媛媛的尺寸。媛媛指了指墙上挂的一条，说，那是我的目标。胡豆不理解，还是给媛媛买了，媛媛抱着连衣裙，笑了一整天。

高三那年，胡豆谈恋爱了，他只告诉了媛媛，对象是胡豆班的班长，一个又高又漂亮的女生。媛媛点点头，和胡豆说："她是一个好姑娘！"胡豆笑着说："你也一样！"胡豆这样一说，媛媛就笑开花，媛媛低着头不好意思地讲："她比我漂亮，我比她胖。"胡豆说："但是你对我最好，比我妈对我还好。"

胡豆时不时要媛媛帮自己打掩护，因为是老同学，所以都不会有人多问什么。问道胡豆去哪儿了，和媛媛去溜冰去了；问道胡豆去哪儿了，和媛媛爬山去了；问道胡豆去哪儿了，和媛媛去书店买书去了。媛媛和胡豆走得再近，也不会有人说他们在恋爱，大家都想，谁会爱上一个笨拙傻气的小胖妞儿啊。

没多久，胡豆就告诉媛媛，他和班长打了啵儿。

媛媛淡淡一笑，即使是帮他掩护，也没有觉得不好。胡豆有时候很感伤，想着毕业了不一定能够和班长考到一所大学，媛媛说她会帮忙祈祷，每天写在纸上。胡豆问媛媛为什么对他那么好，媛媛羞赧地说，因为只有你不把我当笑话。

高考结束后，胡豆果真没有和班长考到一所学校，异地一个月，胡豆就和班长分手了。胡豆说想自杀，媛媛立马从上海飞到北京去看他。胡豆失魂落魄，媛媛拿了零花钱请他吃大餐。媛媛说，从小我妈就讲，爱吃吃，爱喝喝，把美食都吃进肚子里，把烦恼都拉出来。胡豆被媛媛逗笑了，胡豆看着媛媛说，媛媛，你瘦了。媛媛摸着自己的脸，略显开心地问，真的吗？胡豆点点头，媛媛又给他夹了一块肉，说，你快吃，全吃了，吃完你就开心了。

胡豆问媛媛大学有没有恋爱，媛媛摇摇头，胡豆叹了一口气，媛媛问他怎么了，他说没什么，走了两步，又叹了一口气。媛媛说，你有啥就讲，不要憋在心里，久了要成病。胡豆问媛媛，你喜欢什么样的男生呢？媛媛说，不知道。胡豆说，你也不要太挑，遇到好男生，就不要放手了。媛媛点点头，胡豆一开心，媛媛就放心了。

从那次起，媛媛一有空就从上海飞北京找胡豆，有时候胡豆觉得媛媛比他还熟悉北京。胡豆对媛媛说，你不要老是来北京了，也让我去去上海。媛媛去北京，胡豆来上海，来来去去，胡豆便忘了班长的事，两个人也游玩了不少地方。媛媛说，你好了，我就放心了。媛媛告诉胡豆，她喜欢上了一个男生。胡豆哽了一下，媛媛继续说，他是个好男生，我不想放手了。

胡豆急忙问道："靠谱吗？"

媛媛说："靠谱。"

胡豆又问道："用心吗？"

媛媛点头："用心。"

胡豆紧接着问："确定吗？"

媛媛没有说话，抱着胡豆亲了他一口。

胡豆还没有反应过来，媛媛已经笑开了花。

媛媛和胡豆在一起之后，媛媛问胡豆，还想班长吗？胡豆喜欢开玩笑说，想，怎么不想，好歹是初恋啊。媛媛也不生气，说，那你快去追回来！胡豆才放下身段抱着媛媛说，班长是别人的班长，媛媛才是胡豆的媛媛。

虽然话这么说，媛媛还是会发现胡豆在看电影的时候惊叹那些身材好的女明星，也会在逛街时，时不时注意那些“胸相毕露”的广告。

那些日子，媛媛突然加大了减肥的强度，胡豆见她一次，她就瘦一圈，两个人一起吃饭，媛媛几乎不进食，后来胡豆才知道媛媛得了厌食症。她稍稍多吃一点东西就想吐，曾经那圆圆胖胖的脸一下子不见了，面色越来越惨淡。后来一次媛媛来北京，竟然直接倒在了机场。胡豆一把背起媛媛，跑着去拦车，那一刻胡豆才发现，在他背上的那个小胖妞原来已经那么轻了，他突然感到害怕，就像当年媛媛第一次来例假时一样。

“胡豆，我要死了。”

“你可不能死啊，死了没人陪我玩了。”

媛媛醒来的时候，胡豆已经整整两夜没有睡了，胡豆红着眼，流着泪，抱着媛媛亲了一口。胡豆说：“你不许减肥了，你要给我胖起来！”媛媛咬着嘴唇说：“你不是喜欢班长那样的女生吗？”胡豆气得跺脚，说：“从今天起，我跟你一起吃，让我跟你一起胖！

毕业那天，胡豆站在队伍的后面，一个人要占两个人的位置，硬是把寝室那个瘦骨伶仃的家伙挤到了镜头外边。大家伙儿都笑胡豆说：“你这样子，简直堪比孕妇。”胡豆摸着头笑，不以为耻，反以为荣。

媛媛和胡豆的结婚照看起来就像是龙凤胎，这对胖乎乎的情侣终成眷属，有时候朋友几个笑道，电视里的情侣都是努力奋斗一起减肥变得更美，只有你们俩，傻乎乎地越来越胖。

胡豆常常揽着媛媛的腰，漫步在小区内的林荫小道上，街坊总是乐呵着说，那胖胖的两夫妻感情一直很好，明明不是新婚了，男人还是会时不时背着女人跑，嘴里念叨着，没瘦没瘦，很好很好。

我们总是向往那些美好的人或事，而真正伴随自己的，恰恰是那些平凡而不起眼的细小尘埃。爱一个人，不是完完全全地爱他的优点，而是恰如其分地接受他的缺点，更重要的是，比起成为闪耀夺目的另一个你，不如成为心爱人眼中最舒适坦荡的自己。

你不过是滚滚红尘中最渺小的傻瓜

【1】

双双做过最勇敢的事就是跟着男友私奔去了大理，那一年他们二十三岁，刚刚大学毕业，因为男友是个弹吉他的小鬼，双双的父母极力反对，于是她想偷了户口簿，干脆和男友速速成婚，带着彼此满意的小红本，让生米煮成熟饭。结果事情败露，她被父母锁了起来，某一日早上，她撬了房门，二话不说，跟着男友离开了家。

在后来很多人的口中，这成了一段传奇，但只有我知道，双双那年被她老爸扇聋了一只耳朵，至今听别人说话，都带着嗡嗡的杂音。她对男友说，你给我弹一首歌吧，男友不知道，她为什么总是用左耳去听，双双说，甜言蜜语，只说给左耳听。这原本是烂俗的台词，她却是不想让男友担心。

双双的右耳很难听清楚别人所说的话，常常楼下的阿姨问她收水电费，她却以为是有信，问她去菜市场买的豇豆多少钱，她笑呵呵地说大白菜很新鲜，别人都以为她是外地人听不懂当地话，其实却不是。

男友常常夜里出去弹琴唱歌，半夜回来吃双双炖的鸡鸭，男友说汤有点咸了，她就蹦蹦跳跳地去厨房拿盐，男友说，是咸了。双双很聪明，懂得察言观色，发现不对，就停下手里的动作，说："不好吃没关系，你换别的菜看看。"她到最后也不知道其实男友是想她加点水，冲淡一些就好。

【2】

双双做一些手工珠链在网上卖，只需要动动手指，回回信息，就不担心听不清别人所说的话。双双一向和气，但遇见蛮不讲理的客户也会发火，她会发很多稀奇古怪的表情，然后重重地扣上电脑盖。男友回家看她不开心，就说笑话给她听，她不知道那是笑话，但是看着男友笑，她也笑，男友说，我还没讲到笑点呢，双双说，啊，你要睡觉了吗。她把"笑点"听成了"到点"，男友倒被她逗笑了。

双双很喜欢男友握着自己的手，暖暖地睡过去，在漫漫长夜里，他们总是抱在一起，男友在她耳边的鼻息，让她很安稳。

双双有时候在男友弹吉他的地方附近卖手链，生意很好，但是她总是听错客人要的数目，弄得客人总是有些烦躁，有一次一个喝醉酒的男人冲着双双吼："你是聋子啊，我说我要两串红色的，你给我黄色的干吗？"

结果男友和那个醉酒的男人大打出手，那个男人报警要告他，最后他们赔了钱，吉他也坏了。男友摸摸她的头说："你别卖手链了，好好在家，我养你。"

双双那天哭了，然后说："是我太笨了，总是连累你。"

男友说："傻瓜，是我连累你才对，让你陪我来这么远的地方受罪。"

男友一夜没睡，望着窗外的月色发呆，想他是不是不应该再这么任性，回到城市好好找份安稳的工作，才能养得起这个家。

男友抱着双双，对着她左耳说："我不弹琴了，我们回家。"

双双摇头，说："你好好弹琴，我好好养家，我们都不闹了，好不好。"

她用赚的钱给男友买了一把好吉他，然后带他去录音棚里录音，她硬是要他录一张他自己的歌，然后夜里放来慢慢听。

男友有时候想着心疼，便更努力地唱歌，他找几家Pub，轮番唱，尽可能地接单，白天双双在家里编手链卖东西，他在家里写歌，夜里她陪他去Pub，站在他附近听他唱歌。

男友开始有了收入，他开始计划，两年之后买房子，要给她一个家。

【3】

有一天我和同事去大理旅行，正巧路过双双所住的地方，我约她出来喝东西，男友也跟着过来，他们看起来比想象中更幸福，十指始终相扣。间隙男友去上厕所，我把来时双双爸爸托我交给她的信带给她，双双望着那封信，半天不说话，最后她低声和我说："阿光，我怕我这个冬天就会再也听不见声音。"

我愣愣地看着她，不敢相信自己所听到的，双双说："我的左耳也开始有嗡嗡的声音了，而且经常耳鸣，我想是坏掉了，以前别人都说，眼睛也好，耳朵也好，原本一对的东西，少了一个，另一个很快就要坏掉了，起初我不信，但是现在我信了。"

这时男友从厕所里出来，看我们表情有些紧张，便问是不是出了什么问题，双双笑着摇摇头，把头靠在他怀里："我们在说你很厉害。"男友刮了一下双双的鼻梁，说："你是在骂我吧。"

来大理之前，我去了一趟双双家，我们是老邻居了，双双不在的这些日子，我都代替她去看她父母。当她爸爸把信交给我的时候，特地叮嘱我，说："她妈妈越来越记不清楚事情了，有空让双双回来看看，不然我怕她妈再也不认识女儿了。"

那天夜里双双哭了很久，她把信撕掉了，没有给男友看。男友去唱歌了，她没有去，她说有些累，在阳台上望着月亮，那天是农历十五，月亮特别圆，房间里放着男友的歌，他唱：

我来自遥远的天边
微微一笑吻了你的脸
我顺着潺潺的小流
转身之间你化作云烟

【4】

双双说她想回去看看她爸妈，男友说陪她一起回去，双双说，不用了，她去去就回，不会太久。男友沉默，最后喝了双双煮的那碗白米粥点点头。

双双把男友歌曲的音频拷在手机里，在返途的车上单曲循环，她睡着了，做了一个很长的梦，梦里还是她和男友相识的大学，男友带着吉他蹲在女生宿舍楼下唱歌，其他女生都看热闹，她不出来，男友就不走，最后男友每晚都来，她下去找他理论，他当场亲了她。

他总是什么都为她着想，每天去帮她提热水，选修去帮她占座，到食堂帮她打好饭，然后夜里给她唱歌。

双双想，这是她喜欢的男生，没有之一。

双双提着行李，鼓起勇气敲开家门，双双爸满脸愁楚地看着她，双双妈坐在沙发上痴笑，双双一下就哭了。双双妈只是对她笑，说在等女儿放学回家呢，双双爸走过来，说："她现在每天到了五点，就只会说这句话了。"

双双爸帮她收拾好了床铺，她已经很久没有在自己房间睡过觉了。双双爸做饭，还是豆豉蒸鱼、三杯鸡，手艺一点没退步。双双爸说："虽然不知道怎么说，但是你也看见了，如果可以，多陪陪你妈吧。"

那天夜里男友打电话来，双双几乎已经听不清那边的话，双双说信号不好，让男友大声一点，男友说了又说，问她什么时候回来，她支支吾吾，其实还是没听清，最后男友挂了电话，留下一阵忙音。

【5】

白天的时候双双陪母亲聊天，偶尔她能恢复正常，想起一些事情来，但是很快又忘记了，她不记得自己做过的事，也不记得自己想要做什么事。双双在厨房做饭，突然听到门响，一回头，母亲不见了。她丢下厨具，急匆匆地往外面赶，母亲竟然不知去向，她抓着行人就问，但行人说的她一点也听不清。这时候手机震动起来，男友问她吃饭没有，她在电话这头哭，男友说，你怎么了，她说，我妈妈不见了。男友让她别急，也没弄清楚怎么回事，双双已经听不清男友到底在说什么了。

她在幼儿园附近找到母亲，母亲呆呆地坐在那里，她对着双双傻笑，说："天要下雨，双双要放学了，我来给她送伞。"双双走近她，握着她的手，说："妈，我们回家，好吗？"母亲摇摇头，说："我还没等到双双放学。"

双双陪着她，直到天黑了，男友又打电话过来，问双双情况，双双虽然听不清，但是说，没事，已经找到了。其实她没有听清男友说的那句话。

男友说的其实是："我准备带着新歌去参加比赛，你要不要听？"

而双双一直说："没事没事，真的，放心吧。"

男友放弃了交谈，只问了一句："你什么时候回来？"双双竭力去抓那一个个字眼，但是什么也没抓到。电话就此挂断了，而男友再也没有打来。

那些天的夜里双双哭得很厉害，因为她真的不知道怎么办，她渐渐听不清周围的声音，所有的声音混沌一片，而母亲也渐渐对她失去了熟悉感，她经常赶双双出去，问她是哪里来的小偷。

她打电话给男友，男友说：“双双，你不要哭，我马上回来找你，你等我。”

【6】

男友从大理飞回杭州，第一时间找到双双，在她开门的刹那，男友一把抱住了她。她惊诧而又感动地问：“你怎么回来了？”

男友说：“我等不及了，一刻也等不及，我要娶你，我要娶你！”双双听到了那个“娶”字，眼泪簌簌往下落，男友说：“你等等，我要给你买最漂亮的钻戒，风风光光地娶你过门，我要让全世界的人都知道我爱你！”

那天之后，男友消失了。双双甚至在怀疑自己是不是当时听漏了什么，还是听错了什么，母亲坐在沙发上，眼神又变得柔弱起来，五点一到，她又要坐到门口去等双双回家了，而双双锁了房门，也不再怕她逃跑。

一个月后，男友打电话来，双双调了音量开了免提，仔细去听，男友说：“周五晚上七点，××卫视，一定要看。”

双双听出了男友的兴奋，很费力也没听清，这时坐在门口的母亲，竟然学着电话里的话说起来：“周五晚上七点，××卫视，一定要看，周五晚上七点，××卫视，一定要看……”

双双坐在电视机前，焦急地等待着，直到男友的身影出现在电视里，她兴奋地叫起来。但是，双双听不清他在说什么，她很焦急。

男友在舞台上说，他二十四岁了，只有一个梦想，不是真的要大红大紫，但是可以风风光光地娶他心爱的人过门，他想送她全世界最大的钻戒，也想亲自跪下给她戴上，今天他存够了钱，但是他要全世界的人都知道他爱她。她真的又笨又傻，为他吃了太多的苦，所以想送一首歌给她，单单只给她。

双双坐在电视跟前，很用心地去听男友的话，她把耳朵凑近了屏幕，一个字一个字地去抓，但是除了嗡嗡的声响，什么也听不见。

这时，音乐响起了，他唱：

你曾翻山越岭，你也千里远行
你简简单单地爱着
不过是一个你年少时候的梦境
你最担心离别，你最害怕孤单
你唯一的开心
是我离你不远……

傻瓜，傻瓜

你是红尘之中的傻瓜

傻瓜，傻瓜

你是万千世界的傻瓜

而我只想爱你，用我一生的力气

或许渺小至极

但我确定

你就是那个唯一……

双双听不清掌声，也听不清主持人的赞美，甚至听不清男友深情款款的声音和歌词的字句，她只是去捕捉那个曲调，好像那些在大理的日子，她非常靠近那发声的唱片，她只是感觉好像那张大而洁白的床上，靠在他的怀里，安安静静地呼吸，只是呼吸，仅此而已。

“还有比喜欢一个人更辛苦的事情吗？”
“有，一直喜欢下去。”

慢慢地，我们发现，
最让我们安心的路，便是回家的路。
只有在这条路上，
你才清楚地知道，
你从哪里来，要到哪里去。

有些回忆会生锈，有些故事会陈旧，
有的人会来，也有人会走，
所谓的一辈子，
不过是有缘人相逢点头，
进而东奔西走，
在多年之后，
变成饭桌上干杯的酒。

每个人最后都会说再见

潇潇初次见到阿丁的时候，他提着行李箱站在屋子外面，上着褐色的短袖衬衫，头发略长，刘海耷在眼睛上，许久未清理的胡茬儿让他看起来狼狈极了。潇潇问："你找谁？"他拿出一张皱巴巴的单子，指着上面说："你们是不是出租房子？"潇潇打量了一下他，不怎么开心地叫了老爸一声："有人找。"然后跑进自己房间继续上网了。

阿丁住进来的那天，老爸约好了给他配钥匙，但是没有来得及，就叫潇潇在家里等，说别人要搬东西。阿丁扛了几个箱子过来，敲门，潇潇躺在床上故意不开门，阿丁叫了两声，便也不出声了。潇潇从猫眼望出去，看见他坐在箱子上，便偷偷发笑，嘴上念叨着"土包子"。拖了一个小时，想看他干着急，谁料阿丁从包里拿出一本书来，不急不躁地看起来。潇潇想，既然你有事情做，就让你等个一两个小时再说。回到床上有点困，潇潇就这样睡着了。醒来的时候，阿丁已经围着围裙在端菜，潇潇还以为自己在做梦，阿丁一边笑一边温柔地说：“你醒啦？来吃饭吧。”这时老爸从房里出来，指着潇潇道：“叫你在家守门，你倒好，睡大觉去了，害小丁在门口等了一下午。”潇潇不服气，说：“谁叫你不敲门！”阿丁缓缓道：“没事，正巧看了一本书，也不算浪费时间。”

潇潇不乐意老爸把空余的那个房间租出去，因为那是哥哥的房间，自从哥哥去了国外，房间就空出来了，老爸说空着也是空着，不如租出去。租就租吧，竟然还租给了一个土包子。阿丁是从甘肃过来上海打工的，在附近的工地上干活儿，潇潇注意到他的衣服只有那么两三件，箱子里剩下的都是破皮烂纸的二手书。

“你带那么多书干吗？”

“我喜欢看，从小家穷，念完初中就出来做事了，这些都是我在镇上收的旧书，觉得别人扔了怪可惜的。”

“从甘肃带到这里来？”

“对，其实没多重，之前在工地住，晚上吵，看不进去，所以挣了点钱，想找个清静地方。”

“房间里原本的那些东西你可不许动，要是弄坏了，你可赔不起！”

阿丁很认真地点头说“好”，倒让潇潇有些不好意思。

后来潇潇才知道，阿丁只有十八岁，和自己差不多大，但是看着他那黝黑的皮肤和眼角细微的皱纹，总感觉他已经二十好几，马上就要过三十岁了一样。老爸倒是很照顾他，买了西瓜也会叫阿丁出来一起吃，但阿丁多半都会拒绝。因为在工地上做事，起早贪黑，潇潇还在美梦中的时候，他已经出门了，潇潇下了晚自习回来，他还没有收工。夜里潇潇上厕所，看见他房间还微微透着光，那时候基本已经凌晨一两点了，潇潇打着呵欠，也没在意那么多。

潇潇要考试的那天，起来晚了，阿丁正巧要出门，潇潇哭着说来不及了，阿丁叫她上自己的电动车，潇潇问：“那你上班怎么办？”阿丁说：“上班哪有考试重要。”说着就载了潇潇往学校跑。潇潇赶上了考试，但阿丁却因为迟到半小时被扣了工资，阿丁当然没把这事情告诉潇潇，可眼下就快交房租了，阿丁手头上确实没有那么多钱。

那天夜里阿丁回来得早，他站在潇潇门口，欲言又止，潇潇瞪着他，不知道他要说什么，他思来想去，还是决定不说了，回到自己房间关上了门。

夏天眼看就要过去了，阿丁回家越来越晚了，有时候潇潇睡了，他才回来。潇潇感觉他像一个幽灵，基本打不上照面。一个周末，潇潇坐在床上看电视，听见阿丁在和老爸说什么，她侧头倾听，听到阿丁在道歉。潇潇走过去看，才知道阿丁交不起房租要退房，老爸问他是不是手头紧，他也不说。最后老爸心好，说可以宽限一个月，阿丁感动得有些想哭，潇潇却站在旁边冷不丁地说："住工地宿舍又不要钱，非要假装有钱人出来租房子，不是打肿脸充胖子吗？"阿丁脸一红，很认真地对着潇潇说："我一定会把钱补上的，我不是那种欠钱赖皮的人。"潇潇哼了一声，继续回房间看电视去了。

一个月后，阿丁突然接到老家打来的电话，和潇潇老爸说要回甘肃几天，老爸问他是不是有什么要紧事，阿丁说姐姐身体不好，进了医院，没什么大事。那天潇潇才知道阿丁从小是和姐姐一起长大的，爸妈去得早，姐姐从小当家，把他带大，他千里迢迢赶到上海打工就是希望不再让姐姐有那么重的负担。

阿丁走了之后，潇潇总觉得屋子里空荡荡的，和老爸吃饭，聊到阿丁，潇潇突然道："他不会为了不交房租跑路了吧？"老爸说："人家东西还在这里呢。"潇潇说："东西，他有什么东西？两三件衣服和一堆破书！"

阿丁一走就是一个月，老爸担心潇潇说的是真的，给阿丁打了几个电话过去都没接，潇潇说："看吧看吧，我就知道他肯定是跑掉了。”

第二天晚上，老爸上夜班，潇潇在家做作业，听见有人敲门，仔细听又好像没有。过了一会儿，果真有人敲门，她从猫眼看出去，黑漆漆的什么也看不到，她心里有些忐忑，担心是坏人，于是反锁了门，接着听见有人转门锁，怎么也转不开，潇潇从厨房拿了一把菜刀站在门口伺敌，这时她听见了阿丁的声音：“潇潇，潇潇，你在吗？”潇潇放下菜刀，缓缓开了门，只见昏黄的灯光下阿丁两眼通红，潇潇说：“你终于回来啦，我还以为你为了躲房租跑掉了呢。”阿丁笑笑：“我不会做那种事。”阿丁蹲下换鞋，潇潇倚着门说：“回家这么久，不舍得走了吧？”阿丁抬头望潇潇，眼泪一下落了下来：“我现在没家了，我姐走了……”

潇潇站在那里突然不知道说什么话好，她第一次感觉到眼前这个“土包子”并没有记忆中那么讨厌，他依旧强颜欢笑地说：“我从小就是个克星，我爸在矿洞里死了，我妈二话不说就跟去了，剩下我姐，带我也受苦，算命的都说，和我亲的人，最后都要被我克死，所以我才离得远远的。姐姐原本只是小病，医生都说她第二天就能好了，偏偏我一回家，就看不见她了！该死的是我！”

潇潇咬着嘴，说：“说什么胡话！都是封建迷信！哪有人不想自己亲人在身边的？”

阿丁还是笑，说：“谢谢你，真的。”

潇潇觉得脸红，前一刻还那么嫌弃对方，这一刻却受到他的夸奖，心里五味杂陈。随即阿丁又说：“不过我想我也不能再住下去了，一方面我手上确实没有那么多钱了，另一方面，我这突然走一个月，工地估计也不要我了，我还得再找工作。”

“那你住哪儿啊？”

“不知道，睡大街吧，反正又不是没睡过。”

“喂！我和我老爸又没说要赶你走，你就安心住吧，等你找到了新工作再说。”

“不行，我不能无缘无故受你们恩惠，你们已经对我够好了。”

“我可不是可怜你什么的，只是想着你找到工作才能把房租还给我们嘛，就这样贸贸然走了，欠我们的不是更多？”

阿丁说不过潇潇，只好听她的话留下来。

那天夜里潇潇坐在阿丁房间的书桌边上，仔细看了看他箱子里那些二手书：“这些都是课本嘛，你买来干吗？”阿丁摸摸脑袋说：“我之所以不住工地，就是想好好看书，我想存点钱，念大学，虽然有些痴人说梦，但是我还是想试一试。”

潇潇想着平时不努力的自己，此刻羞愧得无地自容。从那天开始，潇潇对阿丁并没有那么讨厌了，甚至有时候还在老爸面前说阿丁的好话。没多久，阿丁就在另一个工地找到了新的工作，而潇潇也顺利考上了一所二本院校。

学校就在上海，所以潇潇还是可以常常回来，她把自己在大学遇到的人和事讲给阿丁听，阿丁总是羡慕地问："真是太好了，我可以去看看你们学校吗？"潇潇说："有什么不可以，你抽时间跟我去上课，我带你去听那个帅哥老师的课，可有意思了。"

阿丁请了一天假跟着潇潇去了学校，真实感受了一番大学光景。潇潇的同学看见阿丁，笑着问潇潇："你身边那个土里土气的家伙是谁啊？"潇潇气得脸红，毫不避讳地说："我男朋友啊！"大家都吓了一跳，潇潇却拉着阿丁走了。阿丁羞得不敢抬头："你怎么胡说呢？这样多不好！"潇潇说："那有什么，我喜欢你不行啊？"阿丁低着头，走了两步突然停了下来，他很认真地对潇潇说："你不能喜欢我，喜欢我的人都没有好下场。"

潇潇歪着头，趾高气扬地说："我才不信那些封建迷信！"

入冬之后，阿丁开始忙起来，有时候潇潇周末回家也看不到他。老爸对潇潇说："阿丁现在都是半夜回家，有时候晚了就干脆睡工地了，他把房租还给我了，不过，他说可能接下来不租了。"

“为什么？”潇潇突然觉得难过起来，“他不是要考大学吗？这个骗子！”

“唉，他说，人在一起久了，就会有感情，他不行，听他讲了他的事我觉得这孩子挺可怜的，潇潇，你是真喜欢他吗？”

“谁说我喜欢他了，他个臭不要脸的，我不过开玩笑而已！”潇潇径直走进屋里，重重地关上了门。那天夜里，她骑着单车跑到工地，把阿丁叫了出来，重重地扇了他一巴掌：“谁说喜欢你了！你不要妄想了！本小姐有的是人喜欢，你也不掂量掂量你自己，你不是要考大学吗，你这样子能考大学吗，你对得起你爸爸妈妈和姐姐吗？”阿丁不说话，也不敢看潇潇，潇潇一把把他推倒在泥坑里，头也不回地走了。

潇潇注意到阿丁故意在躲她，于是她干脆不回家，也渐渐习惯了身边没有阿丁的生活，不过问他的事情，也不想从老爸那里知道任何关于他的情况。时间久了，阿丁这个名字也无关痛痒了。

有一天，老爸突然打电话给潇潇，说阿丁从工地上摔下去了，脚废了，估计以后干不了活儿了。潇潇的眼泪瞬间往外涌：“他在哪家医院？”她不顾门禁，打了出租车就往医院跑。

阿丁躺在床上，看见潇潇来了，又露出他以前那样简单的笑：“你来啦？”

不知道为什么，看见阿丁一笑，潇潇立马就哭了起来：“你傻啊，你腿都没了，你还笑！”

“你也说了，我腿都没了，那能怎么办呢？反正我这个人总归有一天什么都会没有的。”

“是啊是啊，你这样的人，就早点死了算了！”潇潇生气地冲他吼起来。

“潇潇，我三姑打电话来，说在家给我找了个媳妇儿，算命的算了，她命比我硬，三姑叫我回家把她娶了，冲冲喜，你说我这么一个废人，还顶事儿吗？”

潇潇什么话也说不出来，趴在床上就抱着阿丁哭。

阿丁走的那天，拄着拐棍站在月台上，潇潇帮他提着行李，阿丁说：“潇潇，你过两年嫁个好人家，你这样优秀的女孩子，应该有更优秀的人来喜欢你。我这辈子命不好，一直痴心妄想着要改变，到头来还是一场空，不过好在遇见了你，带我去听了一次大学的课，我觉得就够了。”

上车前，阿丁从口袋里拿出一个小盒子，递给潇潇：“认识这么久，还没有送过你礼物，这个你收下。”

潇潇打开，看见是一枚灵猴玉佩，阿丁知道她属猴，特地给她买的。

“你哪里来的钱？”

“我把那些书都卖了，这么多年都带着，其实不过是自己骗自己，还不如换点实际的东西。”

“你怎么能卖了呢？”

“答应我，以后嫁个好人家，找一个真正对你好的人。”

潇潇背过身去，列车已经到了，她侧身看着阿丁一瘸一拐地走上车，他一直趴在窗口上，潇潇却始终没有回头。阿丁微笑地看着潇潇，列车缓缓地启动，潇潇再回头，已经看不见他的身影了。

潇潇回家后，仔仔细细打扫了一遍阿丁住过的房间，发现书架上有一本阿丁以前看的旧书，她随手一翻，掉下来一张纸，纸上只有两个字——阿丁。

她蹲在地上狠狠地哭起来，因为她翻过纸的另一面，看见了自己的名字。这两个名字，就好像那些离得特别近的两个人，其实永远都见不到对面。

PART 03 >

你是我孤单的时候那颗闪亮的星

Addicted

to

Imperfect You

如何成为一名优秀的少先队员

【1】

阿里的理论很怪，他认为小学生的钱比大学生的钱好赚，因为小学生没头脑，大学生够奸诈。对此我不置可否，可让我猝不及防的是阿里接下来的那句话：“我把你的私房钱全取出来了，在小学门口租了一个小店。”

为此我和他狠狠地干了一架。阿里说，你打死我也没用，反正钱已经交了。

阿里是我死党，他之所以知道我银行卡的密码，是因为他猜到了以我简单的大脑回路，会把生日当作密码，我当然可以告他，不过卡里的那点钱还不足我欠他债的三分之一，想想也只有放弃了。

阿里说赚了钱我们平分，第二天就背着书包去捯饬新店了。他肯定是个不会做生意的人，店里乱七八糟什么都有，文具零食参考书，团徽队牌红领巾，一点也不针对市场。阿里说，他要做小卖部里的百宝箱，最好的市场就是做全市场。没多久，小店就开张了，我偶尔去一次，居然门庭若市，吓我一跳。

阿里总是戴着他那顶鸭舌帽，穿着海魂衫，系着一条红领巾，说，因为他是讨人喜欢的大叔，萝莉天生爱大叔，你不懂吗?

我想我确实不懂，和阿里这种优哉游哉的生活相比，我简直每天都生活在修罗场，不，屠宰场才对。上班挤地铁，下班挤地铁，生活在格子间，还要不断提防同事之间的尔虞我诈，想想，还是阿里舒服。

阿里说，不如你辞职，我们一起做，连锁一条街，成为山大王。我吃着汉堡差点一口喷出来，我说："你的目的是什么？"

阿里得意扬扬地说："追到小学校花啊！"当时我被他的话吓得目瞪口呆，阿里摆摆手说，"追到校花她妈啊。"

他总是在孩子们放学的时候用手机放《我们是共产主义接班人》，但他根本不知道，现在连学校广播站都不会放这首歌了，他还自以为是地让红领巾迎风飘扬。

【2】

阿里的店有位忠实的客户，叫朵朵，阿里绝对运用了他坑蒙拐骗的潜质把朵朵收到了自己麾下。每次朵朵来买东西，他总是无条件地买一送一，于是朵朵很快发展下线，拉来一堆小闺密，一传十，十传百，“阿噗阿噗”（阿里取的店名也这么奇葩）店的大叔最可爱，生意红火，名噪一时。

没多久阿里约我吃饭，和我讲故事，我从他钱包里发现一张照片，那白白净净的样子分明就是朵朵，我指着他的鼻子说：“天，真禽兽，连这么小的孩子也不放过。”阿里没有理我，望着照片发了一会儿呆，他说：“像，真是太像了。”我以为他犯花痴，他却接着说，“这是我小学隔壁班的班长，右手永远戴着三道杠，胸口的红领巾总是和我们的打法不一样。”他定睛看着我，“当年我就是为了她加入少先队的！”

阿里说起他的初恋，居然可以追溯到小学，他最爱的是罗大佑那首《童年》，最喜欢的歌词就是“隔壁班的那个女孩怎么还没经过我的窗前”，那简直就是他当时内心的真实写照。他说他是快要升入五年级才加入少先队的，要不是那个隔壁班班长的出现，他想他一辈子都会和红领巾无缘。

我终于知道了阿里善待朵朵的原因，原来并非商业手段，而是出于对初恋的回忆。原本我对他的长情点了一个大大的赞，但很快又因为他和朵朵说的那些话，忍不住要把他拉入黑名单。

“你是少先队员吗？”

“是！”朵朵特别得意。

“你觉得你优秀吗？”

“嗯！老师经常表扬我。”

“好，那我问你，你吃饭会剩饭吗？”

“呃……有时候会。”

“你在班上有讨厌的人吗？”

“嗯，那些成绩差的坏男生最讨厌。”

“好，那叔叔告诉你，你不是一名优秀的少先队员。”

“啊？”

“《小学生守则》告诉我们要勤俭节约，你剩饭就是浪费粮食，《小学生守则》告诉我们要关爱他人，你讨厌别人就是不关爱，所以你是很差的少先队员。”

阿里说完，朵朵就哭了。

第二天朵朵把她妈妈叫来了，阿里原本想和她妈妈评评理，结果还没开口，就听见对方叫了自己名字。

原来朵朵的妈妈就是那个隔壁班班长。

【3】

阿里问我，有过很喜欢的人吗？我说，有。阿里说，那也只是很喜欢而已，就好像你参加了少先队，戴了红领巾，你并不能说你是一名优秀的少先队员。

那天阿里很伤感，早早地关了店，和我坐在路边一边吃粉一边喝酒。他递过来一支烟，问我抽吗，我摇摇头，他就兀自点起来。他灌了一口啤酒，说："就是那一年，我加入了少先队，但是你也知道，大部分的孩子都不知道加入少先队的意义是什么，好像是别人买了LV的包，我也要买，别人出了国，我也要去看看马尔代夫的海一样。"

我非常赞同地点了点头。

"那一年我加入了少先队，我第一天戴红领巾，或许别人二年级就已经尝试过的兴奋感，我五年级才有，或者说其实也没有什么兴奋感了，但是那天我就是觉得自己不一样了，于是到隔壁班去找她，我和她说我加入少先队了，以后可以一起玩。想想那时候自己就是个傻逼，别人都不认识我，我还在那里扬扬得意。"

"然后呢？"

"然后，然后她问我，同学，你是不是找错人了？"

"挺伤感的。"

"其实还好，关键在于，有一天我在路上碰见她，她一个劲地哭，我问她怎么了，她说她没有比得过四班的王某某，没有拿下优秀少先队员的奖状。你看，那时候一张奖状对于孩子来说多重要。”

“所以，你趁机安慰了她？”

“没有，我没有安慰她，说实话，我不知道怎么安慰人，但是那天我就记住了王某某的名字。第二天，我拉着她去找王某某，上来就问王某某，你剩过饭吗，王某某自然点头。我又问，你吃过肉吗，王某某也点头。最后我问，你是不是在回家路上的废墙上画过画，他也点点头。最后我指着他鼻子说，你不是优秀少先队员，你不爱惜粮食，不爱护动物，还不爱护公物，我跑到他座位上，指着那划了三八线的课桌，又说了一遍，你是很差的少先队员！”

“哈哈，有意思。”

“于是我和王某某干了一架，学校取消了他的奖状。”

“我觉得你应该去当律师，简直太敬业了。”

“但我大学学的是机械自动化啊。”

【4】

阿里说他想请朵朵妈吃个饭，叙叙旧什么的，我说：“你不要这个时候去扰乱别人的生活，孩子都有了，你还想干吗？”

阿里说：“我没想干吗啊，我只是说叙叙旧，叙叙旧可以吧？”

当时已经入了冬，我们在大街上说话都会冒白气，阿里裹着大围巾和我蹲在奶茶店旁边看过路人，我说：“你不开店吗？”

阿里说：“都放寒假了，谁还去买东西啊？”

我说：“那你怎么打算？”

阿里说：“你对你最早喜欢的那个人还有爱吗？”

我摇摇头：“早就散落在天涯了。”

阿里说：“那不就是了，我没想要干吗，只是叙叙旧，小学毕业之后，我们就再也没见过了，但是那天她居然还能叫出我名字来，而且是一眼就认出来了，你说，我怎么想？”

我说：“那又怎么样呢？”

阿里说：“不怎么样，下周四我要去相亲了，我妈在人民公园相亲角蹲了一个月，终于把我卖出去了。”

【5】

最终阿里还是找朵朵妈出来吃了一顿饭，事后他跟我说，吃过这顿饭后，他的青春就再也没有遗憾了。

“那天，你知道朵朵妈跟我说什么吗？”

“说什么？”

我开始听阿里滔滔不绝地描述那一顿晚餐，餐桌上的美食都不是当夜的主菜，主菜是，朵朵妈说：“这么多年，你还是没变。”

阿里没有告诉我，经过小学那次优秀少先队员事件后，他们成了好朋友，最终朵朵妈也没有去争取那个“优秀少先队员”的名额，是因为听完阿里的理论后，朵朵妈也觉得自己不够优秀。

后来很长的时间里，朵朵妈放学路过校门口的《小学生守则》都要看一遍，背一遍，直到现在，她都能够非常熟练地默写下来。她说，和阿里在一起的那些日子特别开心，每每想起阿里，就会想起他对别人的质问。

朵朵妈最终以全年级第一的成绩考进了市里最好的初中，又以全年级第一的成绩考进了市里最好的高中，毕业后第二年，她公费留学出了国，然后回国在一家大型企业做主管。这些年来，遇到痛苦和烦恼的时候，朵朵妈就忍不住拿出红领巾来看一眼，想想多好笑，二十几岁的人，总是带着一条红领巾，白痴吧。

阿里讲到这里的时候，眼眶竟然有些湿润。

朵朵妈就这样带着一条红领巾，和一本默写的《小学生守则》。

阿里喝了很多酒，说：“你才是优秀的少先队员，我们这帮人，早就在滚滚红尘中晕菜了。”

朵朵妈也喝得有些多，说：“没有，那个时候我就想啊，阿里一定可以成为很优秀的人，真的。”

阿里讲完的时候，一个人抱着广场的柱子哭了起来。

【6】

阿里打电话给我，叫我去分钱，我说什么钱，他说开小卖部赚的啊。

我想不到，居然有五位数。

阿里说他明年要结婚了，所以要赶紧努力挣钱买房。

阿里说，最好的日子我都错过了，接下来的日子绝对不能白费了。

一年后，阿里关掉了“阿噗阿噗”，拿着赚的钱开始准备大干一番，阿里说，当年朵朵妈那么相信我，现在我肯定不能让她失望吧。

阿里成立了自己的公司，logo是一条红领巾，虽然是已经快三十岁的人了，居然穿着海魂衫戴着红领巾拍了一张肖像照放在公司大门口。

我问他这是要员工祭拜的意思吗，阿里说，没有啊，我只是想提醒自己，先做好一名少先队员再说。再后来，阿里越走越远，远到我觉得这辈子都无缘再和他相见了。

有一天，当我下班走在路上，看见那些戴着红领巾奔跑的小孩，突然想起阿里来，想起他傻乎乎地蹲在小学门口卖零食卖本子，想起他拉着朵朵问她喜不喜欢大叔，想起他之所以能够成为那么多孩子喜欢的人，是因为他总是穿着海魂衫戴着红领巾，扮成一个大小孩的模样。

2014年，阿里的婚礼在马尔代夫举行，寄来的邀请函被我在出差的时候弄丢了，因为公事，我无法出席，只是在世界的另一边送上了一个电话祝福。我听到阿里久违的声音，他还是和当初一样充满了生活的热情。

阿里说，我不管你用什么方法，一定要在后天傍晚的时候赶到现场，说完就把电话挂了。

我向领导请了假，被领导狠狠骂了一顿，不过无所谓了。

那是我第一次参加越洋婚礼，现场比我想象还要美丽。如果有一天，你问起我人生中记忆最深刻的事情，我一定会说，阿里那个偏执狂让一群中国兄弟戴着红领巾站在马尔代夫的海边拍了一张集体照，而且，他的婚礼进行曲，竟然是《我们是共产主义接班人》。

小姐，你要看个手相吗

【1】

木子在大太阳下给了我一耳光，宣布我们的爱情就此结束。当时我故作镇定地看着木子走远，上车，消失在我眼前。

我想一定是太阳照得我头晕目眩，一定不是我心脏受不了这小小的打击，我步履居然有些蹒跚，赶紧扶着电线杆给黄子健打了个电话，我说我失恋了，他说来喝酒吧，反正你不是第一次，命中缺桃花，习惯就好。我朝他骂了一句粗口，他说，发泄发泄也是好的。

我坐在黄子健家的沙发上一点不想喝酒，盛夏的太阳让我有些犯困，我问黄子健，有没有什么可以破解厄运的方法，黄子健放下手边的游戏对我说，你伸手出来我看看。他若有所思地点了点头，意味深长地说："嗯……命相看来，你注定孤独终老啊……"

我一拳打在他身上："屁嘞！"

黄子健一边叹气一边摇头："除非你找到一个和你命数差不多的人，不然很难破解啊。"说完就哈哈大笑起来。我没理会他，两脚一蹬，蜷在沙发上睡着了。

这黄子健还真以为自己成了黄大仙了。

【2】

黄子健约我去"麻油地"，那是文艺小青年聚会的地方，整条街不是宋冬野就是好妹妹的音乐，充满了单反、咖啡厅和平胸少女。其实我个人并不是太喜欢这样的地方，或许气场不和，用黄子健的话来说就是我逼格太低。我是实在弄不懂为什么会有人花50块钱寄一封信给未来的自己，也搞不懂为什么会有人海军服超短裙在这破烂的废弃工厂里拍照。

而这里就是黄子健招摇撞骗的地方，他不知道从哪里搞来一套道士服，在咖啡店书吧门前摆个小摊，竖个牌匾——黄大仙。居然生意异常的好，他还一度成为网络上爆红的算命小哥。一会儿西方星座，一会儿东方生肖，也只有那些没大脑的小女生会一边傻兮兮地望着他笑，一边点头说：“对哦，啊，你好准哦！”

我不得不佩服黄子健，他抓住了这桩生意成功的几个要领，大学主修的那四年心理学果然没有白费，另一方面选定了这头脑简单人的聚集地，最要命的，还是他有张面若桃花又帅气逼人的脸，想不红火都不行。

每次黄子健双眼放光，我都想一脚把他踩在地上，黄子健说，你这是出于嫉妒。是，我特别嫉妒，因为我他妈实在看不惯一群女人围着他好想给他生孩子的场景。我说，黄子健，你别在这里瞎糊弄人了，要不你收摊去当明星吧。

我刚说完，黄子健就丢了手机，冲进了洗手间：“哎呀，明星我是当不了了，厕神还是可以考虑考虑。”大学时候黄子健的外号可不是黄大仙，是排毒小王子。

这时一个戴着眼镜的姑娘走到我面前，她看了看牌子，又看了看我，我朝她痴痴地笑：“小姐，你要看手相吗？”

那姑娘的脸色一下变得很难看：“小姐？你才是小姐，你全家都是小姐！”我也是无心之过，没想到这姑娘这么野蛮，这时黄子健大摇大摆地出来，把我挤下板凳，清了清嗓子：“吼，这位美女，你是要看事业呢，还是要看姻缘呢？”那姑娘的脸色一下好看了很多："我在网上看过你。"说着从包里拿出一张名片，"我是都市报生活版的记者，我想给你做个采访。"黄子健露出他那迷人无比的笑容说："采访可以，不过要先照顾我生意，你知道的……"那姑娘二话不说伸出了手掌："快，看完就跟我去咖啡厅做采访！"

靠，这差别对待也太明显了。

黄子健春风得意地从咖啡厅出来，挥挥手和那个女生说再见，然后揽着我肩膀说请我吃晚饭，我问他怎么了，他说："怎么了？这不就是立马要红的节奏吗？"

【3】

其实我一点也不想去吃那顿饭，甚至原本连门也不想出，失恋的阴影还没有走出，公司的program还有一大堆，已经熬了几个通宵写程序，实在要累成狗了。黄子健点了他最爱的椒麻鸡和毛血旺，吃饭前总不忘自拍一个发到微博上，然后整个吃饭的时间都在看粉丝给他的留言。

"够了，黄子健，我想回家了。"

"等……等等……等一下！"他一只手快速地在手机上敲字，一边乐呵呵地啃着鸡腿，"有明星@我了，天！"

我垂头丧气地收拾好了自己的东西，准备离席。

“等，等等，我有话和你说。”

“说！”

黄子健把我拉回座位：“你知道你的人生多没乐趣吗，除了对着那冷血无情的代码和毫无生趣的电脑，你就不能好好享受一顿美食吗？”

“靠，就是这个事情啊？我走了。”

“等等啊，我还没说完呢。”随即他扭头叫waiter，“帮我加份小龙虾，加辣，谢谢。”然后又转过头对我说，“你看看你，从头到尾没有一个笑容，这怎么行呢，人嘛，要活得开心，你成天板着脸，身边的人怎么会开心呢？”

“我还是想回去了。”

“说说你命犯孤星的事情吧，知道关键在哪里吗？”

“在哪里？”

“你一米六还是一米七？”

“老子一米七四啊！”

“是吧，我就知道没有一米八。然后，你每个月工资多少？”

“干吗？你又不是第一天认识我。”

“五千左右是吧。再用手机给自己拍个照。”

“神经。”

“你看，这点信心也没有吧。所以啊，首先你不够高，其次你不够有钱，这些就不说了，关键是你对自己还没自信，怎么让别人喜欢你呢？”

我望着玻璃窗里的自己，我有那么差吗，好像黄子健说的也没有什么不对。窗外突然下雨了，黄子健说，人不开心的时候啊，天总是要配合一下，这时候你要想，就算别人看不见你，上天还在爱着你呢。

【4】

一周后我原本想要去“麻油地”找黄子健，告诉他我想通了，我要发愤图强，结果在路上遇见上次来采访的小姑娘。她坐在一家画廊门口抹眼泪，录音笔和本子都掉在了地上。

“喂，小姐，你没事吧？”刚说出口，我就知道自己又说错了。

“干吗？你怎么这么烦啊，走开啊你。”说着一把把我推倒在地，看我倒在地上，她倒是哭得更厉害了。

“你别哭了啊，有什么说出来呗。”

“有什么好说的，我什么都搞砸了，弄来弄去，一个月也没找到好的采访对象，最后辛辛苦苦准备的东西全部被领导退回来了。”

“我也是啊，上个月我一大堆程序要写，结果其中两个地方写错了，程式调不回来，被领导狠狠骂了一顿。”

“你……也这么倒霉啊。”

“对啊，而且我女朋友刚刚和我分手了，我不是比你更惨？”

“呃，那你是挺惨的。”

“黄子健说我命犯孤星，没得救了呢。”

“他还说我要在事业上一展宏图呢，骗子，就是个骗子！”

“所以，那又怎么样呢，黄子健其实能好到哪儿去，大家不是都差不多。”

那天我和娟子成了朋友，怎么都想不到我们居然同仇敌忾，一致对黄子健嗤之以鼻。娟子说：“我觉得你比他强，至少能认清现实。”

我摇摇头说：“他不需要认清现实啊，他能认清手相就可以了。”

娟子说：“那倒是，这年头，小女生可信这些了。”

我突然灵光一闪，抓住她的手说：“你刚刚说啥，再说一遍！”

娟子说：“我说小女生都可信这些了。”

我哈哈大笑起来，娟子倒有些莫名其妙。

【5】

那天我回去买了一堆关于手相、星座和生肖的书，花了一周时间研究，渐渐地我发现我也可以和黄子健一样故弄玄虚，这并不是太难的事情。我开始在上班的时候策划我的小程序，下班回家就坐在电脑面前捯饬起来。其实有些东西并不是太难，谁说程序狗就没有青春，我就做给黄子健看看。

一个月后，我打电话叫娟子出来，我说："快点快点，来给我试试我刚做的东西。"

娟子接到电话就赶了过来："什么事？这么着急？"

我打开手机，对她晃了晃，我说："你试一试。"我点开那个APP，让她把手心放上去，APP立马就有了感应，优美的音乐过后，开始讲述掌纹的故事。原来娟子对应的掌纹是一个女生奋斗不息最终成功的故事。

"哦，天，你怎么做到的？"

"怎么样？"

"快，我要给你写个采访稿，你一定要第一手留给我。"

"采访可以，但你要先帮我推广。"

"怎么推广？"

【6】

“小姐，你要看手相吗？试试我们最新的手机APP吧。”

“小姐，过来看看吧。”

“小姐，你肯定喜欢这个APP，你的掌纹其实有着一段不为人知的故事。”

那天我和娟子站在“麻油地”喊破了嗓子，没想到，一个小时，我们就被人群包围了，我说，APP很快就可以上线，大家都可以去下载了。

那天我把黄子健叫上一起吃了顿饭，得意扬扬地把成果展示给了他，他笑着说：“可以嘛，小子，开窍了。”

【7】

黄子健打电话给我的时候，我正在开会，但是手机已经震得连领导都朝我看了几眼。我借上厕所之名赶紧跑出去接了起来：“干吗？我在开会呢！”

“开什么会，赶紧来麻油地，你那个APP，有人要来找你合作！”

“什么？”

“别问了，来了再说！”

这时领导开门出来望了我一眼，厉声说道：“磨蹭什么，该你发言了！”

我快速收起手机，哦了一声。

【8】

黄子健以一种恨铁不成钢的眼神狠狠地批判了我，他说：“完了，你彻底没救了。”这一幕我太过熟悉，好像两年前，他在办公室和我说过同样的话。

那时候，黄子健还不是黄大仙，是和我一起工作的同事，就在入职两年后的某天，我在厕所和黄子健抱怨道：“受不了了，我要辞职！”黄子健拍拍我肩膀说：“我也有这个打算，每天看着那些密密麻麻的字母和符号，感觉比便秘还难受。”但我很快意识到一个问题，辞职之后去干什么呢？黄子健洒脱地说，潇洒走天涯啊。一个月后，他离开了公司，而我还在继续拼命地写程序。

“完了，你彻底没救了。”当时黄子健就是这样甩下一句话走了。

黄子健辞职之后开始自己倒腾网络，他做了一个交友网站，大致是男人看中女人后点赞，女人看中男人后点赞，要是双方都点赞，就可以立马获取对方的联系方式，别看这简单的设置，可是大大受欢迎，一方面保护了彼此的隐私，另一方面可以自动屏蔽掉看不上眼的人。一年后黄子健在维持超高流量的基础下卖掉了那个网站，然后真的去潇洒走天涯了。我不知道他到底去了哪里，但他回来之后就找到“麻油地”的一个空位开始摆摊，过起了现在这样悠闲的生活。

黄子健把那张名片递给我：“你自己看看，是哪家公司。”

我的眼珠子简直要掉下来了：“BQIT，他们居然看上了我的APP？”

“一切皆有可能，虽然你的东西只是雏形，但是他们看中了潜在价值，有什么问题？”黄子健说得头头是道。

“唉，错过了就是错过了，有什么办法呢。”

“谁说错过了，别人肯留下名片，自然还有机会啊！”

“我可不敢去联系。”

“刘康康，你这辈子，只能做个又呆又傻孤独终老的程序员了！”

【9】

娟子说要请我吃饭，她的采访稿终于中标了，我说我没有心情，娟子说那就更要一起吃个饭。

娟子看我垂头丧气，给我夹了块肉，说：“那天把我说得狗血淋头的小子上哪儿去了，没精打采可不像你。”

“唉，我可能真的一辈子就是扶不上墙的烂泥了。”

“谁说的，你做的那个东西我给我哥看了，他说很有意思，还说过几天联系你呢。”

“你哥？”

“对啊，我哥是BQIT的产品经理。”

我一口水差点喷在娟子脸上：“什么？！”

“对啊，所以你要相信自己啊。”

“娟子，这顿饭我请，你别和我抢了！”

那天夜里，我和娟子坐在外滩边上聊天，娟子说其实她挺没用的，毕业到现在换了好几份工作，每次不是被嫌弃，就是被排挤，基本上没有领导喜欢她。要不是那天看见倒霉的我，她根本没有继续上班的勇气。在家里，她哥哥从小到大都特别能干，所以家里人都看重她哥哥，但是她也很想证明给别人看自己也在努力。

“那种憋屈的感觉你懂吗？”

“我懂！”

“你怎么会懂？”

“从小到大我妈就爱把我和黄子健拉在一起比，说他又是考一百分了，又是考好大学了，又是找到漂亮女朋友了，你知道吗，其实我一直活在他的阴影下。”

“听你这么一说，我心里似乎好受一些了。不知道为什么，每次和你说完话，我就觉得自己没那么累了。”

“谁不是含着泪奔跑啊，有几个人可以一边笑一边超别人几圈啊？”

“刘康康，我要喝酒，陪我喝酒！”

我们聊了一晚上，一边拿着啤酒一边在深夜的上海大街上行走，我们从外滩走到新天地，从新天地走到淮海路，最后我们走累了，就找了一间便利店哼哼哈哈到天亮。

看着便利店的反馈问卷，我突然对娟子说：“我得做一个东西。”

“什么东西？”

“潜在市场调查。”

“好啊，我帮你啊。”

【10】

为了检测市场潜在用户，拿到数据分析报告，娟子和我像神经病一样拿着手机在南京路上到处找人试用。我找了几个过路的女生，但是她们一听见我说“小姐，你要看个手相吗”，就立马骂我十三点，相比之下，娟子倒是成功得多。她不但向女生下手，还向男生下手，甚至连过路的外国人也不放过，她总是笑着说："帅哥/美女，有个东西会让你很开心的，要不要试一试？"就这样，她一下午居然拿到了超过三位数的调查数据。

"天，你太强大了！"

"不要爱上我！"

"呃，我没这个意思，当然不可能啦。"

"你真是没意思。"

"呃，对不起。"

娟子回去后，我打电话给黄子健，黄子健说："我开车来接你吧，顺便去我家玩玩我新买的游戏机。"

"开车？游戏机？黄大仙你发财啦？"

"对啊，我前几天给自己卜了一卦，买了一张彩票，中了五百万啊。"

"真的假的？"

"白痴啊，这种事你也相信。我把卖网站的钱全部用掉了，接下来我也要从头开始了。"

"老骥伏枥啊！"

"老你妹啊。"

"跟我妹有什么关系。"

"话说你跟那个小记者处得怎么样了？"

"什么处得怎么样？"

“靠，你不是吧，这个年代你还相信有纯洁的革命友谊啊！”

“难道……不是吗？”

【11】

周一的早上黄子健叫我请了半天假，拉着我上了一趟BQIT，我把潜在市场分析数据交给了产品经理，娟子他哥一直对我赞不绝口，弄得我一直不敢抬头看他。

黄子健说：“经理，这个东西我们不能卖给你们。”我睁大眼睛瞪着黄子健，他却视而不见，继续说，“我们可以代理给你们，但是版权必须在我们这里。”我想黄子健肯定是疯了，这个小东西只要找个懂点技术的程序员立马就能copy下来，弄得跟金元宝一样，别人可别不买了。

“哈哈哈，有意思，你知道你们这个东西我可以找人随便复制根本不需要你们吗？”

“对啊，你可以啊，但是我们也可以告你啊。”

“……”我想黄子健肯定是疯了。

“小子，有胆识，好吧，这个东西是你们一起开发的吗？”

“对啊。”黄子健真不要脸，知道我不敢说话，就一个劲拼命地说。

“你们现在在哪家公司上班？”

“这个暂时不方便告诉你。”

“那我出比你们现在高40%的薪资，你们愿意过来帮我吗？”

我简直不敢相信自己的耳朵，40%！从我进公司到现在，只涨过五百块工资！黄子健抓紧我的手，淡定地说：“我们得回去考虑一下。”

“那deadline是？”

“三天！”

【12】

“你疯了！”

“哈哈，是啊，我一直就是神经病嘛。”黄子健恬不知耻地喝着奶茶，“不管怎么样，你可以考虑嘛，多40%可不是小数目。”

“可是……”

“可是什么，像你这样见着女生就叫别人小姐的，怎么做市场啊！就这样做卜去，你在老东家也就是那样了！”

一周后，我收到BQIT的offer，再一次和黄子健成了同事。

根据黄子健的算命经验加我的编程技术，我们的APP上线之后很快拿下了较大的市场份额，奖金源源不断地流进来。黄子健说，想不到算命可以算出这么多黄金来。

在黄子健的配合下，我做东西也越来越自信了，每次开会，我都可以把新的概念说得近乎完美，领导对我们也越来越满意。

娟子来看过她哥哥几次，但从来没有和我打过招呼。

半年后我换了房子，原本想请娟子和黄子健一起庆祝一下，但是娟子说最近太忙没有时间，于是只剩下我和黄子健两个人喝闷酒。

“刘康康，你是不是想泡她？”

“没有啊。”

“那你就不要去招惹别人。”

“为什么？”

“有哪个女生愿意大热天顶着晒黑的风险和你一起在步行街上做市场调查啊，你真是猪脑子啊。”

“我……”

“你……”

我听黄子健的话约了娟子出来，打到第三通，娟子终于妥协了。那天娟子穿着一身旗袍，把头发盘起来了，我第一次看见这么端庄的她，有点适应不过来。

“那个……坐，想吃点什么？”

“随便好了。”

“好吧。最近怎么样，看你的样子，应该还不错吧。”

“挺好，写东西越来越上道，主编也越来越喜欢我了。”

“那不是挺好的嘛。”

“你也是啊，我经常听我哥说起你。”

“那也是托你的福。”

“别这么说，那是你自己有本事。”

“我……”

“你什么？对了，那个东西，你自己试过吗？”

“什么？”

“APP啊。”

我摇摇头，这时候开始上菜了。

整个晚上，我都没有说几句话，倒是一直听娟子讲她的事。她喝了点酒，说那些奇葩的同事，一会儿捧腹大笑，一会儿义愤填膺，末了，她喝光了所有的啤酒，红着脸看着我，说：“刘康康，其实我不做生活版的编辑很久了，你知道吗？”

“不知道。”

“对啊，你不知道。前几天，一个男人向我求婚了。”

“嗯，那不挺好的吗？”

“对啊，挺好的。但是，我很快就要外派去巴黎进修了。”

“好机会啊。”

“对啊，好机会，一去三年啊。”

“很快的。”

“对啊，很快的……”

那天夜里，我说开车送娟子回家，娟子挥了挥手，招了一辆出租车，她说：“不知道为什么，觉得一个人坐车会轻松很多。”

那是我最后一次见到娟子，一周后，她出国了。

她走的那天，她哥哥去送她，问我要不要一起去，我说不用了，帮我带句话就行。其实我没有什么要和她说的，我只是想告诉她，手相其实挺准的。

【13】

其实在我开发的时候，我自己就做了第一个用户，或许就和黄子健说的一样，我永远害怕的都是面对，所以手相告诉我，大器晚成。

那天公司开庆功会，新人过来敬酒，他们问我当初是怎么想到做这个东西的。

我说：“因为小女生喜欢这些东西嘛。”

我仰头灌下那杯葡萄酒的时候，突然感觉灯光有些模糊，不知道为什么，突然想起那个烈日的下午，我第一次看见娟子，她穿着白裙子，推了推鼻梁上的眼镜看着我，那么一瞬间，我以为她是来找我的。

是你抄袭了"我爱你"这门创意

【1】

我觉得卡卡太过滑头，和他一起共事根本没有任何好处，Miss高的指令永远只对我有效，任务永远都是我单枪匹马地做，下一秒你根本就找不到卡卡的去处，咖啡厅？洗手间？快餐店？不，很难，你除了能够打通他的电话，你根本拿他没办法，你得花时间去找他，然后告诉他，如果五分钟后会议室看不见他，他就不用再领下个月的工资了。但是卡卡从来不怕，他知道没有他的策划，任何一个project都不可能进行下去。Miss高早就发了悬赏令，可是迟迟没有人揭榜，月薪上万的职位，居然真的找不到一个人来代替卡卡。Miss高就是不相信，直到珍妮穿着红布鞋慢悠悠地走进办公室，卡卡才第一次感受到了威胁。

“总之你最好别太听话，知道吗，否则你会后悔的。”珍妮进公司的第一天，卡卡就坐在她办公桌的旁边，撂下了狠话。很快Miss高就扔来一堆文件，卡卡耸耸肩，悄悄对珍妮说：“就是这样，你永远做不完，这个case结束，下一个马上跟上来，多少都是一样的价钱，相信我。”

有时候我在想，或许我应该跟卡卡学学，他这样的游手好闲和我这样忙得脚底朝天，真的逐渐向天壤之别的趋势在发展，如果我再认真努力一点，我想不是卡卡被炒鱿鱼，而是我先辞职离开了公司。

这时卡卡指着我，对着珍妮说：“你看，阿光就是最好的例子，相信我。”

珍妮朝我笑了笑，然后打开电脑，疯狂地看起文件来。

【2】

我和卡卡共事三年，我想他从来没有把我当作过竞争对手，因为在他眼中，我的勤奋不会为我的升职添砖加瓦，因为在这么一家广告公司里，要的是idea和creative，光靠努力永远成不了气候。事实上，他是对的，即使他三天打鱼两天晒网，要开会的时候突然不见，轮到月底总结的时候干脆请病假去了加利福尼亚，甚至需要outing的时候，他会悄悄改签，自己先跑去目的地玩个两三天。

卡卡说，我三十岁前的人生目标很简单，就是用脑子做事，吃好，穿好，玩好。

他这样的人生观和生活状态确实羡煞旁人，这也是卡卡经常揽着我肩膀说的话，兄弟，你真的太努力地生活了，所以，你简直努力得有点对不起自己。

每周一例会结束之后，Miss高会拉卡卡进办公室谈话，用卡卡的话来说，他的大脑除了自己的东西，真的很难容下别的，所以洗脑失败。Miss高还真是锲而不舍，持之以恒，周周如此，她相信铁杵成针是真理，但三年下来，Miss高也败了，她最后对卡卡放任自流，总之加工资与他无缘，那就OK了。

那天下班，珍妮突然对卡卡说："或许你应该改改你的脾气和工作状态，不然，我想很快你就没有地位了。"

卡卡瞠目结舌地望着珍妮离开，然后抓住我说："刚才她是不是抽风了，居然这么对我说话！"

我想珍妮也不是没有资格，好歹别人是国际大公司出身的策划总监。

【3】

卡卡在讲台前扬扬得意地讲解完了他的PPT和下一季商品的构想，没想到，珍妮第一个提出了反对意见："像你这样的策划，只能够吸引男性消费群体，但事实上，我们这一季的主打并不只有男款而已。”卡卡呵呵笑了两声，说：“没错，我没有打算忽视女性群体，只是我相信女生都会被广告中请来的那几个大帅哥明星吸引，这样她们完全可能既买男款珍藏，又买女款自己穿，OK？”

珍妮从容地笑了笑，说：“没错，或许消费群中是有那么几个男明星的脑残粉，但是，你不可否认，并不是所有女生都喜欢他们，比如我……再问问现场各位，有几个真正喜欢他们的，我想你数一数就知道了。所以，我觉得，这一季既然男女款较为平均，不如正好以情侣的方式宣传，或许更佳。”

接下来半个小时，珍妮非常自信地讲完了自己的策划，而卡卡早就不知所踪。我打电话给他的时候，他正在天台抽烟，他说：“我真受不了那个绿茶，每次都跟我作对，爱用谁用谁吧，老子不管了。”

最终那个case交到了珍妮手中。

而珍妮在得到Miss高认可的情况下，向Miss高申请了团队协助，她需要卡卡过来一起完成这个计划。

“她绝对是在耍我，绝对！”卡卡给我打这个电话的时候正在北京看五月天的演唱会，我听见电话那头阿信在歇斯底里地吼叫，和卡卡的声音混成一团。这时珍妮拍了拍我的肩膀，示意我过去说两句，我捂住电话，跟着珍妮走到走廊上，珍妮说："你在跟卡卡聊天？"我点点头。珍妮说："好，那你跟他说，让他好好玩，我会在最终方案上写上他的名字，不会让他难堪。"我按照珍妮的原话告诉了他，卡卡沉默了两秒，说："妈的，气死我了！谁要她卖人情给我啊！"于是第二天，他从北京飞回了上海，乖乖地坐回到自己的座位上。

【4】

事实上这个case的最终负责人也只有我们三个，在全公司都进入冬眠状态的时候，我们仨像疯了一样加班，当然，卡卡大部分时间只是指指点点，提一些意见，然后端着一杯咖啡慢悠悠地到处走，看着我把东西做得差不多了，回来再说一句，这个不行，这样肯定没有效果，要如何如何如何，最后抢过我的电脑，噼里啪啦打一阵，然后又端着咖啡走远了。

珍妮才是真的忙，她一边到处打电话联系合作演员，一边亲自到现场去看有没有问题，她几乎不会叫卡卡一同做事，而是安排好工作。卡卡效率很高，而且基本完成之后不用修改。但是珍妮和他却总是为了细节吵架，卡卡要气势宏大，珍妮要温馨走心，最后他们把决定权丢给我，卡卡看着我，珍妮也看着我，我说我弃权，于是他们又吵得不可开交。

最终风格落到了Miss高手中，她说，既然case是珍妮接下来的，那就完全由珍妮来决定。卡卡扔了文件，第二天消失得无影无踪，我从朋友圈里知道他去了香港，他在中环购物，买了一大堆东西，然后写了一句话——shit，该死的工作，最好打包去外太空吧。

有天夜里已经过了十点，珍妮走过来，对我说：“累了你就先回去吧，剩下的我会来做的。”其实我也没有多累，只是眼睛有些痛，可能是对着电脑的时间过久，我说我下楼去买杯饮料，问她要什么，她说她不喝饮料的。我在楼下撞见卡卡，他正坐在星巴克看电影，我说：“卡卡，其实你这次真的有点过了。”卡卡取下耳机，看着我，说：“你刚刚讲什么？”我没有重复之前那句话，而是端着咖啡走了。

我推开门的时候，珍妮正在埋头苦干，这时我感觉到背后有人推我，我扭头一看，是卡卡，他绕过我，慢慢走到珍妮面前。珍妮抬头看了他一眼，似乎有些诧异，卡卡把电脑转给她看：“你发的邮件我都看过了，细节的地方我也改了一遍，至于到底是男生在约会时送女生礼物还是远走后寄礼物回来，我觉得都可以，只是我个人偏于后者，当然我知道你不一定同意，我也只是表达一下而已，我负责的人员我全部联系过了，片场和后期我今天也去看了，该做的我都做完了……珍妮小姐，请你不要再戏弄我了，OK？明天我回来上班，退出这个team，真的太无聊了。”

最终敲定的方案居然是卡卡那个城市寓言，卡卡说：“靠，这是抄袭，赤裸裸地抄袭！”

【6】

珍妮在茶水间碰见卡卡，卡卡准备端着杯子先走，珍妮叫住了他：“卡卡师兄，你不记得我了？”

“你叫我什么？”

“我在叫珍妮之前，叫陈亚楠，大三那年我和你一起参加过‘城市广告创意赛’，最后我们俩的创意差不多，但是评委选了你的。那天我落选了，我准备了半年的东西一下子就落空了，而你当时对我说了一句话，你说，创意这种东西，比的不是脑子，是诚意，其实你已经很有诚意了，但是评委却不懂这一点。就是从那个时候，我一直记得你，后来在业内的会议上我也见过你好几次，但是我知道你已经不记得我了。”

“呵呵，那又怎样，我不记得这回事儿，也不记得我说过那么傻逼的话。而且，什么诚意，都是扯淡。”

“一年前，你有一个idea是关于雨中告白的故事，当时我在台下哭了，不知道为什么，我觉得只要是女生，应该都会为了那个广告去买那把伞；但是最后电视里也没有播那则广告，而是换成了一个姑娘跳舞。”

“我已经忘了。”

“好吧，其实我想和你说的是，你可以做得更好。”

卡卡约我喝酒，一瓶两瓶三瓶下肚，趴在桌上对我说：“其实我一点也不想做个广告人。”

“怎么突然说这些话？”

“要不是遇见了红颜祸水的话。”

“啊？”

“那时候有个女生就是很喜欢做广告的家伙，于是我就想着要做最厉害的那个给她看看，结果，她后来嫁给了一个做房地产的，操，但我已经没办法回头了。”

“哈哈，真是人生如戏啊。”

“但是，你知道吗，我所做的每一个创意，都是想着她的，我想，即使她不知道卡卡是谁，不知道这个广告背后的团队，但是她总会看见广告的，公交上、电视上、手机上，总之，她肯定能看见的。”

“嗯，是的。”

“所以，我之前做的那么多case都是让小女生哭到死的那种，但是，一个都没通过……”

“好像是的。”

“我想啊，如果这次的case再不通过，也没有什么留下去的意义了。好像最终也没有成为可以让别人刮目相看的人嘛。那说完卡卡便匆匆离开了。

【5】

月底的方案展示会上，珍妮站在前面细细地讲解我们这一个月来的成果，卡卡站在角落托着下巴，这时旁边一个男人呵呵笑了两声，对卡卡说：“我觉得她压根就不懂策划，还说之前是什么策划总监，这种骗小女孩心思的项目怎么可能赚大钱？”

这时卡卡冲他笑了笑，说：“我觉得至少这个还可以骗到小女孩的钱，你那几个case，我觉得连抠脚汉子都不会甩硬币吧。”卡卡毫不客气地回了一句。

那个男人吃惊地看着他，当Miss高带领一群人发出热烈掌声的时候，卡卡已经在人群中消失了，而这个时候珍妮说：“其实，这个只是前戏，我们还有一个重头戏。”这时珍妮打开一个黑色的PPT，开头就是四个字：卡卡制作。

连我也有些吃惊，不知道什么时候珍妮把卡卡的创意稍作了修改，那个关于英雄救美的城市寓言突然变得宏大又温馨，八段小故事，英雄和姑娘的邂逅、相识、陪伴、走失……最终的落幕，英雄在大雨中背着心爱的人回家，他用那件产品的衣服变成了一双翅膀，飞过云层，终于看到了彩虹和太阳。

我打电话给卡卡，卡卡居然关机了，Miss高完全被震撼到了，她说：“天，你们真是天才！”

天，我打了个电话给她，我想问她好不好，她已经听不出我的声音了，想想，也有三四年没见了，她问我是谁，这时她男人接了电话，我把电话挂掉了。”

“呃……”

“当时还是真的很喜欢她啊，想着可以为了喜欢的人，去做一件事情，而且惊天动地，烽火连城，现在回头想，还真是年轻啊。”

“卡卡，看不出你还这么专情！”

“喂，阿光，不是吧，我开个玩笑啊，你这么当真干吗？”

“靠！真的假的？”

卡卡又灌了一瓶酒，嘻嘻哈哈，趴在桌上打起呼噜来。

【7】

年度广告盛典上，我们那个“城市传说”系列拿下最佳故事奖，珍妮激动地举起奖杯，话筒落到了卡卡手中，这时主持人问：“卡卡先生，这个广告现在基本成了女生们心中最美的故事，你能告诉大家你的灵感来自哪里吗？”

卡卡扯了扯脖子上的领带，笑着说：“我没什么灵感，不过是抄袭了‘我爱你’三个字的创意。”

那些年，我没有辜负你，但却辜负了我自己

在大城市的人往往处于颠沛流离的状态，因为没有固定的居所，随时可能因为工作变迁或者所租房屋被收回而到处游走。

新年过后，我换了一份新的工作，不得不从瑞金二路的房子搬出来，搬到延安西路附近，因为跳槽涨薪，所以找了一处还算舒适的屋子，也就是在这个时候，我遇到了阿龚。

阿龚住我隔壁屋，热情好客，从外表看来，应该是一个待人和善的家伙。他在附近的一家服装店上班，拿不算高的工资，基本上收支平衡，也存不了什么钱。日子没多久，阿龚就和我成了朋友，或许他本就带着惺惺相惜的平常心与我交往，彼此都不算太差的人，所以很快就融洽地一起生活了。

那时候阿龚有一个女朋友，就我看来，并不是讨喜的女生，虽然听阿龚说，他们已经相识四五年了，正式谈恋爱是从两年前起。但在我和她接触的过程中，每一秒都感觉到一种咄咄逼人的气势。她说她叫书书，知书达理的书，可我丝毫感觉不到她知书达理的样子。好比我们一起吃饭，她总是会挑三拣四，然后扯出一堆我不感兴趣的八卦，听到我在外企工作，她立马露出歆羡的目光，指着阿龚讲："看看人家，你说说你，都在那家破店待了两年多了，也没有个进展。"阿龚总是低下头，也不去辩解什么。

其实我知道，阿龚真正喜欢的是画画，他的屋子里有一个画架，上面立着他以前画的一些油画，我说："阿龚，你真不应该放弃这门手艺。"阿龚微微叹了一口气，站在门口抽烟。其实我知道他也不想在那家服装店里上班，但是从中专毕业，又从来没有接受过专业训练的他，很难找到一份绘图相关的工作，与其跳槽去别的地方重新开始，他想还不如好好在服装店上班，领导也说，过些日子给他涨工资，他自然觉得还行。

当然，最主要的其实并不是他自己觉得还行就行。

有天晚上我和阿龚提了几瓶啤酒上天台，他点了一根烟，望着当空的皓月，忍不住说："我觉得自己挺失败的。"我说："不，你这不叫失败，最多只能叫迷茫，什么叫失败，就是你手上没烟没酒也看不见月亮，那才叫失败。”

“为什么看不见月亮？”阿龚不解。

“老天爷把月亮藏在乌云里了，你在黑夜里一点光都没有，那才悲哀。”

“唉，我毕业的时候答应三年过后娶她的，她说，她等不过二十六，总归要嫁人了。可是，以我现在这个样子，不要说过不了她爸妈那关，连我自己这关都过不了。”

“老实说，你当时放弃画画是不是为了她？”

“算是也不算是吧，那时候想，要是她支持我，我就画，要是她觉得想安稳一些，我想迟早还是得给她一个家。”

“阿龚，我能说你傻吗？”

“怎么？”

“没什么，来，干了这杯酒，愿你和她天长地久。”

书书几乎是不会让阿龚参加什么社交活动的，所以即使在服装店干了两年多，阿龚和其他店员的感情也非常一般，工作中他几乎没有什么朋友，生活中好像也只有我一个。有时候店长组织大家去苏杭游玩，书书也会要求阿龚留下来陪她。书书不大会做饭，所以很多时候，都是阿龚在厨房。书书想要吃卤鸡蛋，阿龚会去附近的便利店买；书书想吃豆沙冰，阿龚会骑单车去两站路外的甜品屋买；书书想要吃烧烤，阿龚找遍延安西路附近的街道也要给她找回来。要是阿龚接到以前同学打来的电话，书书也会咳咳咳到阿龚挂掉。实际上，书书也并没有什么事情要找他，但就是不能接受阿龚和别人聊天太久。

就是这样的阿龚，整个人的生活几乎就像和书书签了卖身契一般。

“我觉得你不应该把你全部的精力都放在她一个人身上。”书书不在的时候，我忍不住和阿龚说。

“但实际上，她说得也没错，我在店铺的时间总是很长，和她相处的时间确实不多，如果可以，应该算是我欠她的，承诺的事情也不知道能不能做到，但她在我身边的话，总归会努力一些。”

“可是，阿龚，你有没有想过，这或许并不是最好的相处方式。你可以陪她，但也不影响你和其他人交往，而且，你的生活应该保留一些自我，不是吗？”

每个人都相信过拥有的事物可以长久不衰地存在于自己的世界里，即使是我，曾经也一样。我曾经非常肯定地相信自己全心投入、坦诚付出感情的东西，会因为你的付出而停下流失的脚步，然而，并不是。事情过去很久之后，我依旧怀疑过这种荒谬可笑的理论是建立在什么理论的基础之上，直到我看见身边的人遭遇同样的事情，我才更加肯定了自己的想法。

我对阿龚说："人最可怕的是依赖，最恐怖的是认为对方不可或缺，最难熬的是你看重的人离开了你，而最傻的是你还不明白自己错在哪里。事实上，最没有安全感这回事，往往被误解为担心自己做不好，实际上，真正的原因，是你把心放在了别人身上，没有心的人只有言听计从，但别人一转身，说不定就把你的真心扔掉。"

"但我觉得她爱我。"他语气中更多的是不确定。

"我们先不讨论爱这回事。阿龚，相处方式比爱更重要，一旦错了，她非但没有成全你更好的人生，反而毁了你原本美好的青春。"

那天之所以我有些激动，是因为我无意间在商场看见了书书和一个膘肥大汉走在一起，而那个肥得流油的大汉摆明了就是一个钻石王老五，而书书就那样小鸟依人地靠在他身上。也是在那天晚上，我看见书书穿着那个男人给她买的外套出现在我们屋子里，然后挑剔地说："今晚又吃土豆啊……"

我不能随便否认别人的爱情，但是我觉得人与人之间，即使再亲密，也不可以因为对方而消磨了自己的生存方式。爱一个人，是应该保持各自的独立，给予对方精神上的最大支持。那些真正能天长地久的爱情，并不是容忍，并不是迁就，而是坦然地接受对方原本的生活方式，并不改变自己。良好的相处是磨合的最终结果，但磨合不代表割舍，不代表放弃自我，磨合是将彼此突兀尖锐的部分变得圆滑而让对方能够接受，那才是长久的感情。

夏天快要到来的时候，书书终于和阿龚提出了分手，在阿龚看来完全是自己没有实现诺言而造成的。他彻头彻尾地大哭了一晚上，然后喝光了冰箱里所有的啤酒，又在马桶里吐得昏天暗地。我回家的时候，阿龚倒在房间里，颜料和画笔混在一起，他一直闷头在鼓捣什么东西，关了门，三天三夜没出来。

等我从青岛出差回来的时候，房间里居然堆了好多油画，阿龚把它们一幅一幅挂在了墙上，笑着问我好不好看。我点点头，说，挺好看的。

阿龚说，我想通了，我辞掉服装店的工作了，或许你说得对，那些年，我没有辜负我爱的人，但我却辜负了自己，所以，我打算用原本存下来结婚的钱去好好进修美术，只是二十六岁的学生会不会有点老？

我笑着摇头，不老，一点都不老。

阿龚走后，房子空下来了，房东又找了新的租客，是一个刚刚毕业的小男生。有一天晚上，他问我："这些都是你画的吗？"我摇摇头，说："朋友画的，他去念书了，东西带不走，留在这里了。"

小男生摸摸脑袋说：“这些画画得真好，我觉得他可以去美术馆开个展览。”

“是吗？我也觉得。”

“但是为什么所有男人都没有‘心’，所有女人都没有‘手’呢？”

我顿了顿，仔细看了一遍所有的画，果然是这样。我深吸了一口气，似乎瞬间明白了阿龚画中的意思：“大概他想说，即使掏出了心，也根本无法牵到对方的手吧。”

和书书分开之后，阿龚似乎找回了许久没有出现过的轻松，一时间灵感爆发，画了一幅又一幅画，起初只是单纯地放在网上，后来竟然得到了一些人的赞赏，再后来，有人愿意出钱来买，也有了稀奇古怪的杂志过来约稿。

阿龚考上美院的那年，书书被那个王老五甩了，她回头来找阿龚的时候，阿龚却拒绝了，我不知道阿龚到哪里找回了拒绝的勇气，但是他说：“从我画完那六张油画的那一刻开始，我就觉得我们再也好不到一块儿了。”

阿龚二十九岁那年成了一名建筑设计师，三十二岁那年他在上海买了房。

有一天我和他举起啤酒瓶站在他新家的阳台上狂欢，他说，现在好像日子一天天好起来了，但唯一有点心酸的是，最好的年龄，却没有做最好的事。

我说，不不不，你应该想，能做最好的事的时候，永远都是最好的年龄。

很久以前，不久以后

阿宾说："很久以前，我喜欢过一个女生，不过，不止我，班上好多人都喜欢过，有点像《那些年，我们一起追的女孩》里的沈佳宜。不过，和故事里不一样的是，喜欢她的那群男生，到最后，一个也没有跟她表白过，而她结婚那天，那群男生，包括我，一个都没有去。"

阿宾和我说这段话的时候，我正坐在他的车里，因为十字路口跳转的红灯，正巧让他看到不远处大屏幕上的广告，那是一个男生暗恋一个女生的故事，其实我已经看过很多遍了。

"所以，是个悲伤的故事。"我调侃说。

阿宾摇头，竖起食指在我面前晃了晃，说："不，是个很美好的故事。"

阿宾十七岁那年念高二，那个被大家都喜欢的女生小希是他们班的班长，成绩并不是最好的，但是气场却是最强大的，当时所有人都服她，除了阿宾。

阿宾是最不听话的几个学生之一，因为他总认为小希是老师的狗腿，专门通风报信检举揭发的那种。每次到了自习课，讲小话的总是他，小希指着阿宾破口大骂，全班都被吓了一跳，看不出那个小小的女生有这么大的能量。她一定看过心理学，知道搬出爸妈来，阿宾立马就输了一半。

“你每天拿着你爸妈给的学费，在这里混日子，还不如帮他们节约钱，回家睡大觉呢，一节课多少钱，要我算给你听吗？”

当时阿宾心里特别难过，因为他爸妈是开小面馆的，从早忙到晚，也挣不了几个钱，还经常受客人的气。听小希这么一说，他就不讲话了，甚至有时候上自习课，看见别人不专心，他还帮小希教训一下那几个人。

年少的时候，总是很容易去佩服一个人，因为一些小事捏住了心中柔软的一块，就立马被征服。阿宾说他就是这种人。

他渐渐发现，身边有几个男孩子都故意靠近小希，他们总是一下课就去找小希聊天，问问题，而阿宾当时就特别不屑，心里却痒痒地不舒服。

有天放学，他堵住阿城问：“你干吗总是缠着小希啊？”

阿城说：“你傻啊，这都不明白。”

阿宾说：“明白什么啊？”

阿城说：“你小子没发育完全，不和你聊。”

当时除了阿城，还有阿康、小辉、阿鹏通通都喜欢小希。而小希也是很有分寸的女孩子，比如你来问问题，我可以给你讲，但你送东西，我就不要了。小希从来不告诉大家她哪天生日，所以几乎没有人有借口送礼物给她。

有一天，小希摔倒了，她在跑八百米的时候不小心扭伤了，当时阿宾第一个跑过去，连他自己也不知道为什么当时会那么激动。后来，阿城他们也跑过去，阿宾正蹲下看小希的脚，阿城二话不说就把小希背起来，往医务室跑。

于是接下来每天上下学，阿城主动申请做了小希的“两条腿”，那段时间，阿城每天背小希，小希也很感谢他，脚好了之后送了阿城一个笔记本。其他人都是醋海翻波，指责阿城不道义。阿城当时还来问阿宾，是不是自己做得太过分了，其实阿宾心里也有些不开心，不过还是说，还好，就是这种事情，应该大家轮流来。

阿城想想也是，觉得自己有些自私，后来就把本子还给了小希，说助人为乐是根本，不应该收礼物。

阿城的这一举动让大家伙原谅了他。

而那没多久，小希的父亲就去世了，小希父亲是矿工，那一年意外死的二十三个人里面就有她爸爸。阿宾一群人听到这个消息，都结伴去看望小希，但是小希谁也不想见，整整在家调整了半个月。回到班上后，她还是常常哭，后来去和老师申请不做班长了，说这样的情绪会影响大家，结果阿宾第一个站起来反对。

那件事阿宾印象很深。当时老师原本是要宣布换班长的事情，结果阿宾突然站起来了，没有经过老师同意，就开口说："陈希同学是好班长，其他人都没她好！"阿宾一说，阿城也站起来了，然后小辉、阿鹏，陆陆续续好多人都站起来了，大家都说："陈希是个好班长，陈希是个好班长！"那天小希一边哭一边笑，最后老师也被大家感动了。

事后阿城拍着阿宾肩膀说，你小子，真敢出头。因为那时候他们班主任是年级组长，最凶恶的一个。不过这件事，后来反而成了年级流传的佳话。

"后来呢？"我问阿宾。

阿宾想了想说："后来啊，我们都成了很厉害的人。"

"什么意思？"

其实"爱"这个东西，想想，真的是强大到可以让你竭尽全力成为自己意想不到的人。

后来，小希始终不像从前那样开心了，有时候也会无缘无故地发火，身边的人都有些怕她，但是大家都知道小希的事儿，也能够理解她，但长期下去也不是办法。于是阿宾想到一个点子，他拿来一个空本子，递给阿城，说："你们觉得小希是不是好女孩？"其他人都说是，阿宾就接着说，"那我们得想个法子让她开心起来。"

阿城问："什么法子？"

阿宾说："这个本子，我们每天都写一件开心的事情在上面，轮流传，让小希看完就放回教室后排的窗户边上，我们悄悄拿回来，写了再放回去。"

阿城说："我语文最差了，根本不会写啊。"

小辉也挠挠头说："我也是，说话都说不清楚。"

阿宾愤怒了，说："你们还想不想让小希开心了？"

于是几个人硬是憋也要憋些有意思的东西写在上面。

比如阿城写道，我妈总是喜欢叫我二毛子，但是其实我不二，身上也挺干净的。

比如小辉写道，我姐姐很快就要结婚了，去很远的地方，原本我有些舍不得，可姐姐说再远远不过人心，想念就在身边。（这是我姐姐的原话！）

这个法子真的奏效了，小希第一次收到那个本子的时候有些诧异，但看到那些句子，小希真的笑了。

好几次，几个人都悄悄注意着小希的表情，而小希也很配合，每次都把本子放回他们规定的地方，也不揭穿他们。

直到高考结束，阿宾那个班是上一本线最多的班，也是多亏了小希，到了最后冲刺的阶段，她一直带着大家复习，鼓励大家，好像又恢复到了曾经那个充满活力的她。

我问："阿宾，那你当时写了什么？"

阿宾说："我啊，就是胡乱写写，不过临近毕业的那一次，我写了很多，虽然过去很久了，我还是记得，原本语文成绩都很差的几个男生，突然间文笔好像好了起来，写的东西也越来越有意思了。而我那一次，就写了一句话，我看见小希哭了，我猜她是因为我那句话哭的，我当时写：快要分开了，你还不知道我们是谁，但是不重要，重要的是，我们希望你以后不开心的时候，拿这个本子出来看看，就能开心开心。"

我从后视镜里看见阿宾的眼眶已经有些红了，他吸了吸鼻子说："最后她结婚，我们都没有去。那天我们几个人倒是聚了聚，喝了酒，说起小希，每个人都很感慨。但是，我们想不到的是，当天我们收到了小希给我们发的信息，她给每个人都发了一条，她说，在我最不开心的日子，你们都在我身边，而在我开心的日子，你们都不在了。"

阿宾说："那天我们都沉默了，最后小辉说，到底谁泄的密？大家面面相觑，却没有人知道是谁。"

“那你们最后知道是谁告诉了她吗？”

阿宾清了清嗓子，说：“毕业的那天，我们都写好了本子，告诉小希不用还了，那是我们送给她的礼物，而最后那天放本子的人是我，我本来放好就准备走，没想到回头就看见了她。”

“然后呢？”

“然后小希假装什么也没看到，拿着本子，放进了书包，走的时候，她冲我笑了笑，说，以后，我不会不开心了。”

阿宾说，而那就是我最后一次见她了，婚礼举行后不久，我们都接到了噩耗，小希因为难产大出血，保住了孩子，却再也没有睁开眼睛。

这时，下一个路口的绿灯又跳转成了红灯，阿宾停下车，也不觉流下了眼泪。

你会不会突然出现，在街角吃着担担面

【1】

在莎莎眼中，我就是个自命不凡的马桶工，只要莎莎家的马桶堵了，第一个想到的绝对是我，她总是一边捏着鼻子一边给我打电话，尖声细气地说："王淳，你快来，我家马桶又堵了！"

每次我大汗淋漓地帮她弄好之后，都再三嘱咐她千万不要往里面扔什么奇怪的东西，莎莎就说，这个马桶真没用。

我说："你可别小瞧马桶，没有它，你就憋死去吧。"莎莎皱着眉头骂我恶心。

我说："你真别笑，别人都说人生四大快事，金榜题名时，洞房花烛夜，久旱逢甘霖，他乡遇故知，但是大家都不知道，其实人生有五大快事，最快意的，其实是马桶夜读诗！那金戈铁马，那快意恩仇，那高山流水……”

莎莎穿着吊带衫自顾自地照镜子，压根没有听进我说的话。等我说完了，莎莎扭过头看我一眼：“呀，你还在啊，多少钱，我给你。”

“得了吧，小妞，你这左照右照，又要出去约会啊？要不要考虑考虑哥啊？”

“你啊，有大把女生考虑，我啊，也有大把男生考虑，既然各自那么受欢迎，就没必要绑在一起了嘛。”

说完她啪的一声关上门，窸窸窣窣地换起衣服来。

【2】

我和莎莎是在一次朋友聚会上认识的，很普通的朋友，是那种可去可不去的聚会，但是那天我正巧无聊，或许下班太早，或许原本的约会取消了，或许朋友非常强烈地要求我参加，总之，我去了，而且去得很早。当我到他家的时候，只有我一个人傻乎乎地坐在沙发上吃瓜子，这时候莎莎出现了。

“你好。”莎莎端着一杯饮料坐在我旁边。

“你好。”我还在嗑瓜子，冲她微微一笑。

“我们是不是见过？”莎莎抿了一口饮料。

“当然，上个月的客户见面会上，你问我洗手间怎么走。”我胡乱扯了个谎，倒说得一本正经。

莎莎拍拍额头说：“对哦，最后你还指错了，害我差点走到男厕所里面去。”

我放下瓜子，乐呵起来：“不好意思，那天我喝得有点多。”

“是的啊，吐了我一身，那条裙子可是我刚买的。”

就在那么一瞬间，我竟然产生一种错觉，好像我真的和莎莎在什么狗屁客户见面会上见过一样，又好像我真的给她指过路，吐了她一身一样。我一直朝她笑，顺着她的话说下去，谁知她像抖包袱一样，抖的东西越来越多，最后居然说到我们俩差一点相约去泰国旅行的事。我觉得这女生真是神奇，后来来了很多人，我们却像把他们自动过滤掉了一样，兀自在沙发上聊了一夜。

我们就像大多数聊得来的男女一样，各自留了电话号码、微信，甚至邮箱，然后各自回家。之后朋友告诉我，你还真会挑。我说怎么了，他说莎莎这个人啊，是富婆，可有钱了，要是真的泡到她，可以少奋斗十年。

吃软饭的事情我可不做，不过，泡到她这件事，我还蛮愿意做的。

【3】

我给莎莎发了几条信息之后，莎莎就问我：“你是不是想泡我？”

我立马回她：“只是因为在人群中多看了你一眼。”

莎莎说：“那晚真谢谢你和我一起编故事，让我完成了这一期的专栏，不然我又要拖稿被封杀了。不过，我觉得你可以多看别人几眼，这样看我那一眼就不算多了。”

虽然知道自己被耍了，但我还是很绅士地说：“要是有什么困难，可以打我电话。”

莎莎说：“哦，好的，你叫什么？”

“王淳。”

就这样，我成了莎莎御用的马桶工。

【4】

莎莎有一个很帅的男朋友，帅到我看见照片就会无地自容，莎莎总是在我面前炫耀这个男人，她说她从十八岁开始爱他，到现在已经整整七年了。我说，既然你们那么相爱，为什么不结婚。莎莎说，因为他已经结婚了。当莎莎说这句话的时候，居然没有一丁点伤感。

我握住她的手，说：“这个时代小三已经越来越职业化了，你要非常拼才可以有一席之地的，很累，放手吧。”

莎莎扶着额头说：“是哦，我听说小三还有什么社团，还要定期举行什么培训之类的，想想也真是够拼的。”

“所以啊……”

“所以我也得赶紧报名才行啊，不然怎么跟得上时代的潮流啊。”莎莎莞尔，然后噼里啪啦地敲着键盘。是的，她约我出来，总是带着她那台迷你的上网本，一边聊天一边工作。

“等等，你不是又在写东西吧？”

“是啊。”莎莎合上本子说，“不知道为什么，和你聊天总是很开心，一下子可以写出好多东西来。”

我实在是搞不懂莎莎到底哪句话是真哪句话是假，女人的心思本来就够难猜了，这个女人的心思更是像埃及古文一样，不花时间考究考究，根本弄不懂。

“话说，我肚子有点饿了。”她一边搅着咖啡一边说。

“要不，点点儿东西吃吧？”

“这里的东西一点也不好吃，你陪我去吃担担面吧。”

【5】

莎莎最爱的食物居然是天津路附近一家小店的担担面，我至今没有吃出那平淡无奇的面条蕴藏着什么样的人生哲理，想着这气质非凡的莎莎怎么会和一碗担担面结缘。

“我刚来上海的时候，很想念家乡的担担面，找遍了整个上海，就这家店的味道和我记忆中的味道最像。”莎莎吸了一口面，继续说，“后来我吃过很多很多的面，有海鲜的、山珍的；日本的、韩国的，甚至意大利的，每次吃我都觉得很开心，但是吃过之后，就不想再去吃第二次了。”

我望着莎莎，她吃完了那碗面，然后喝掉了碗里的面汤。

“我爱的人在我二十岁生日那天离开我了，那天我没有要什么烛光晚餐，也没有要什么漫天烟火，那天我说想吃一碗担担面，但是那天他手脚特别慌，最后面煳了，他就一个劲地道歉，一直和我说对不起，但是恋人之间，最担心听到的三个字就是对不起，你说对吗？”

莎莎托着下巴看着我，说：“那天之后，我们分手了。其实他是一个很好的男朋友，而且能做全天下最好吃的担担面。”

我一口面噎在喉咙里，咳得快死过去，其实我只想问她一句，这个是不是又是她的专栏之一。

【6】

莎莎居然主动约我出去，当时我正蓬头垢面地回复领导的一封邮件，兴奋之下，邮件内容竟然语无伦次起来。

莎莎约我逛街，她想买一件衣服，去参加美食达人秀，她说她要做一碗非常美味的担担面，赢得万众瞩目。

我陪她逛了整整一下午，居然就为了在三件衣服里面选一件，莎莎捏紧我的手说：“快，我有选择恐惧症，帮我看看，哪一件好。”最终我帮莎莎挑了那件蓝白相间的连衣裙，我觉得太符合她的气质了。

我问她："你真的那么喜欢吃担担面啊？"

她点点头："为什么不？"

"但是那种除了调料再无其他配菜的面条，会赢得满堂喝彩吗？"

"你质疑我？"

"不是，我只是在想，你可以试试加点什么新奇的配菜进去。"

"加了其他东西，还是担担面吗？就像感情一样，混了杂质，还会纯粹吗？"

事实上，莎莎参加比赛的那天我被公事缠身，不能亲临现场看她指点江山挥斥方遒，事后我也没有找到那档节目的视频或者重播，所以我不知道莎莎最终到底有没有赢那场比赛。

当我再见到莎莎的时候，夏天已经快要结束了。

那天中午同事问午餐吃什么，我不由自主地说去吃担担面，同事们表示无所谓，而我刚坐下，就看见了坐在角落的莎莎。许久不见，她瘦了，她抬头看见了我，淡淡一笑，却显得格外陌生。

我走过去问她："你这段时间都去哪儿了，打电话也不接？"

莎莎诧异地看着我说："我们是不是见过？"

我被莎莎那陌生的表情吓到了："你不认识我了？"大脑中瞬间闪现她出车祸、失忆，甚至她原本有精神分裂症的假象。

这时莎莎哈哈大笑起来："是不是吓到了？"

"你搞什么？"

"没什么，就是想逗逗你。"

"上次比赛怎么样？"

"没怎么样，不过大家都挺喜欢我做的面。"

"那应该拿奖了吧？"

"没有啊，因为他们都说面太普通了啊。"

"我说吧！我当时就告诉你了。"

"但是，我就想它普通啊。"

那天我和莎莎坐在面馆角落，我又继续扮演着她的构思对象，和她有一搭没一搭地聊天。而那也是我最后一次见到莎莎，没多久，这家面店因为经营不善倒闭了，而莎莎也彻底消失了。

有一天，我问我那并不算好的朋友，为什么会认识莎莎。朋友一边喝酒一边和我说："她啊，很神奇的，之前交过很多男朋友，程序员、房产经理、保险公司老板，甚至还有外国人，而我朋友就是她交的男朋友之一。你知道吧，她啊，其实很随意的，常常和这个男生在一起没多久，就又和另一个男生好上了。

不过，她很有钱的，写一写东西就能赚好多。”

“那……她有没有过一个会做担担面的男朋友？”

“这个我就不太清楚了，不过，厨师的话，她应该看不上吧。”

【7】

半年后，我们公司搬了地方，正巧新公司楼下附近也有一家面馆，我走进去，问老板有没有担担面，老板说，有是有的，不过，那不是我们的招牌啊。我说，给我来一碗。

那天，我像是回到夏天的时候，和莎莎有说有笑地扮演着各自的角色，也是那个时候，我问她：“你到底为什么不喜欢我啊？”

她淡淡地说：“我没有不喜欢你啊。”

“但是……”

这时候她起身，撑在桌上，在我的脸颊落下一个淡淡的吻，她说：“这样就叫喜欢了吗？”

“这……”

“如果在吻你的那一秒是喜欢，那我转身的那一秒就是不喜欢了？”

“什么理论？”

“喜欢真的是要通过某种仪式来证明的吗，比方说接吻，比方说做爱？但是在我眼中，这些事情很可能反而是离开的契机啊，真正的喜欢，不是陪伴吗？”我竟然无法反驳。

莎莎说：“王淳，我们俩明天去登记结婚吧。”

“啊……”

“如果你觉得一定要以一种仪式才能证明一段感情的话，如果你觉得两个人在完全不了解的情况下可以在一起的话，如果你只是单纯想泡我的话。”

“莎莎……”

“所以啊，你到底是要什么呢？”

那天莎莎第二十七任还是二十八任男朋友打电话给她，约她晚上看电影吃饭泡吧，莎莎挂了电话说：“你瞧，没有一个人不想泡我，所以，你也愿意做其中一个吗？”

【8】

周末的时候，我心血来潮买了一把面，学着菜谱上担担面的做法做起来。当我把那碗热腾腾的面放在桌上的时候，手机突然跳出了莎莎的微信，她说：“忙到现在，还没吃饭，今晚没人约，陪我吃饭吧。”

我微微一笑，回了一句：“好啊，正巧，来我家吃担担面吧。”

恋爱的人假正经，结婚的人最无情

【1】

我去泡茶的时候正好碰见阮阮，她正在一边笨拙地扭开她的红枣罐子，一边和几个八卦的女同事聊天。

“聊什么这么起劲？”我随口一说，所有人都把目光投向了我。

阮阮见我来，笑着说：“我们在讲，长久不联系的家伙突然给你打电话，不是问你借钱，就是要结婚了。”我想了想，好像真是这么回事，阮阮接着说，“高中时候暗恋的男生叫我去参加他的婚礼，六七年没见了，我都快忘记他长什么样了啊。”

这时突然有个人插进来说：“话说回来，阮阮你和你男朋友也交往了两三年了吧，什么时候结婚啊？”

阮阮捋了捋头发，见开水跳灯了，低下头接水说："明年吧，后年也不晚啊。"

下班的时候我路过阮阮的办公桌，她正在一面吃面包一面疯狂回邮件，我说："没事吧？"

阮阮抬头看我一眼："有事啊，手上一大堆啊，你瞎子啊？"

我哽了一下，接着说："我说早上那件事。"

阮阮突然意识到我在说什么，两口咽了面包，然后喝口水，说："没事啊，能有什么。"

【2】

其实阮阮和她男朋友已经分居一年多了，这件事全公司估计只有我知道。因为阮阮的男朋友是我大学室友，而他现在正在与我们昼夜颠倒的多伦多。据我所知，他回国的日期又延后了，但是阮阮似乎不知道这件事。

她还是照常周末和女朋友去逛街买东西，闲暇时买票看剧，偶尔在家做做饭，日子过得也没有什么不好。

有一天阮阮打电话问我周六有没有空，我说应该没事。她说，那陪我去参加婚礼吧。我知道她实在找不到别的男性朋友，于是很快答应下来。

那天的婚礼上阮阮自然遇见了很多高中同学，他们大多数已经结婚，甚至有了孩子，我终于明白阮阮叫我来的原因。落座之后，很快就有一个女同学指着我问阮阮：“你男朋友？”

我和阮阮不置可否，只是我显得格外不自然，于是女同学接着说：“看起来你们像是刚好上的啊。”

这时旁边又有人插了进来，说：“阮阮和她男朋友交往了三四年了好吗，你别乱讲呢。”

先问的那个女同学显得有些不好意思，说：“是吧，怪我眼拙了。”这时他老公抱孩子过来要她喂奶，她红着脸说失陪，其实更多的倒有些得意和显摆的意思。

这时阮阮给我发信息，说：“不好意思。”

我很快回了过去：“没关系。”

整晚的聊天无聊又没有营养，女人们总是说物价又涨了，最近又去哪里旅游了，老公又给自己买了什么稀奇玩意儿，而那些女人们的男人们把我拉去喝酒，聊的也仅是最近又去了哪个酒吧，哪个女明星和他们认识的老板又有一腿，或者他们觉得自己的老婆越来越烦人了。

我和阮阮相视一眼，无可奈何地耸耸肩。

我送阮阮回家，一路上，阮阮都在感慨。她伸着懒腰说：“几年前可是完全不同的样子，聊的话题也欢快得多，女生们会说最近又在追某某男星的电视剧，自己要好好努力，不能靠男人养活自己；男生们会说最近又在哪里哪里充电学外语，谁谁谁又拿了雅思几点几，谁谁谁又辞职自己创业去了，说的东西都充满了激情……眼下，都好像变了一个人似的，突然觉得结婚之后的男人女人好可怕。”

“但，总归要结婚的啊。”我还是不合时宜地给阮阮泼了冷水。

“也是。”阮阮走了两步路停下来，说，“到了，要不要上去坐会儿？”

【3】

我也有很长一段时间没有去过阮阮家里了，最近的一次应该也是一年前，当时君君要去多伦多，找我过来喝酒，说是离别宴，阮阮做了一大桌子的菜。当天阮阮和平常一样开怀大笑，好像一点也没有离别的感伤，走的时候，君君说送我，讲起阮阮都哭过好几个晚上了。我问君君真的舍得吗，君君说：“至少我觉得，还有机会拼搏的时候，可不能禁锢自己。”

我望了他们家一眼，说：“那阮阮怎么办？”

君君点了一支烟，说：“等我在那边安顿好了，就接她过去。”

而事实上，君君只是说给我听而已。

君君走后，阮阮继续住在这个家里，并没有找一间便宜的廉价屋，房租也是阮阮继续供着。

门开了之后，我发现和之前没有太大的变化，唯一的变化是他们俩那张合照以前是放在卧室的，但现在放在饭桌上了。

阮阮给我倒了杯茶，开了电视，但是电视是一片雪花，她估计才意识到很久没有交费了。阮阮索性关掉电视，然后撑着沙发笑着说："有没有觉得很糟糕？"

"其实你不用硬撑的。"

"我就知道你会说这些，其实没有什么，真的，我觉得已经习惯了。"

"他还会打电话过来吗？"

"偶尔，不过基本上没有了。"

"抱歉。"

"没什么，就算真的分手，不也是很平常的事情吗，何况他还没有提出那两个字呢。"

听起来，阮阮比我乐观。

"我总觉得你应该跟大部分女生一样，又哭又闹，然后去酒吧喝个昏天暗地，深夜打电话给我哭诉，说，啊，我好惨啊。"

阮阮一下子笑出声来："然后我还要死皮赖脸地去给他打电话，求他回来，或者带我走吗？"

"好心酸。"

“对啊，我可做不出来，就算现在他立马打电话和我说分手，我也可以接受。”

“这一点，和你工作时候很像。”

后来我和阮阮聊了什么，我也不记得了，我下楼的时候，阮阮说：“他和你还有联系吧？”

“偶尔。”

“回头帮我跟他说一声，叫他多穿点，我看那边天气好像下雪了。”

“哦，你怎么不自己说？”

“这个时候，我说再多，他都觉得是挽留，而换个人表达一下，或许他能想通一些什么。”

说完阮阮露出甜美的微笑：“今天谢谢你了。”

【4】

我给君君打了一通电话，告诉他阮阮最近的情况，顺便带上了阮阮要我说的那句话。君君在那边长长地叹了一口气说：“其实你应该骂骂我。”

“你知道我不会骂人的，骂起来也只是像在说理一样。”

“其实我在这边没有认识新的女朋友，你信吗？我是说，在感情上，其实我不算出轨那一类。”

“没什么好不信的。”

“只是，有时候打电话也不知道说什么了，总不能一直重复昨天的话吧，而且很多时候她讲的事情和我讲的事情彼此都不了解，断章取义，还会惹来口角。”

“所以，你什么时候回国？”

“不知道，顺利的话，可能会在这边拿到工作的offer。”

“你可以接她过去，然后你们在那边结婚，不是挺好的吗？”

“结婚？不说我，我估计阮阮也没有考虑过，她其实并不是太相信婚姻的人……怎么说呢，她总觉得一旦结婚，什么都毁了。”

“那你呢？”

“我想，结婚之后会变成很无情的人吧，就是，会开始一天天厌倦自己所处的生活，因为好像什么都无法改变了。”

【5】

阮阮工作越来越努力，常常加班到晚上八九点，她的压缩面包快要吃完了，我下楼的时候顺便去便利店帮她带了一大包。

阮阮说：“其实你不必买的，因为这个吃完我就准备换别的东西吃了。”

“你不是一直喜欢吃这个牌子的吗？”我疑惑道。

“是挺喜欢的，但是老吃一个牌子的也会腻的，而且吃得越多越腻。”

“好吧。”

“对了，昨天还是前天，我妈介绍我去相亲。”

“什么，相亲？”

“对啊，她说隔壁老王的女儿二十一岁就结婚了，说我老大不小了，现在还没着落，是要气死她。”

“那你怎么打算？”

“突然有点想去试试，不知道为什么，好像对没做过的事情突然产生了好奇心。”

“目的是什么呢？”

“我妈说，要是相处得好，就尽快结婚，甚至结婚之后再谈恋爱也不迟，对方是有房有车的男人，基本没有什么好担忧的。”

“这个你也信？”

“无所谓啊，反正又不是真的要结婚。”

结果阮阮真的去了。事实上对方也确实不错，除了胖一点，矮一点。阮阮和我讲起来的时候笑了一下午，她说：“他原本想带我去他家睡觉的，但是那天很不巧我来了大姨妈。”阮阮讲的时候，我心里格外不是滋味，她又说，“本来是相亲来着，但是，搞得怎么都不像是要长久在一起的感觉，怎么说呢，他应该也有别的喜欢的人，可能家里人不接受，他还差点自杀过。”

“阮阮……”

“对了，你什么时候谈恋爱啊，为什么一直没见过你女朋友？”

“进这间公司之前是有的，不过算来也分手两年了吧。”

“为什么分开呢？”

“她结婚了，回老家，可能在大城市太累，或者不想再等了，那年春节回了老家，就再也没有来了。”

【6】

年会上阮阮拿下了年度新人奖，一手拿着iPad一手拿着奖金支票，拍了个照发到朋友圈。

那天阮阮喝得有点多，倒在洗手间里睡着了。女同事把她拖出来，我答应送她回家。阮阮坐在副驾驶座位上，嘟嘟囔囔了一路，最后一句我听懂了，她说：“今天我递交了辞职信，结果就拿奖了，哈哈。”

我突然刹车，把车停在马路边上：“什么，辞职？”

阮阮笑呵呵地望着我：“我今天挺开心的，真的，不知道为什么。”说着她的眼泪就哗哗地流下来了，“我要去多伦多了，你知道吗？”

“是吗？”

阮阮抓住我的手，泪水滴在我的手背上：“明明是很开心的事情，不知道为什么我心里难过得一塌糊涂，君君说让我收拾好就告诉他，他来订机票。”

“那不是很好吗？”

“对啊，很好啊，可是为什么我一点也不开心呢？”

“过去之后，好好的。”

“上次你说那个结婚的女朋友，后来、后来你们还有联系吗？”

“我换了电话，不过估计她也不会打过来了。”

“好无情啊！”

“是吧，哈哈。”

阮阮是年初的时候走的，那一天我和往常一样经过她的办公桌，发现她的东西都还在桌上，包括我送给她的那包压缩面包。这时突然有个小姑娘走过来，问我：“这是你的座位吗？”我摇摇头，她看了看手上的纸条，又看了看办公桌的编号，“人事说这个座位以后是我的了，这些东西……”

我用一个大纸箱把阮阮的东西都收了起来，我想不如在圣诞节的时候，当作礼物寄给她吧。

PART 04 >
为什么越走越远越想你

那些绕过的路，都是值得你去欣赏的风景

我们家曾有一辆自行车，很旧，我已经不记得牌子，之所以说“曾有”，是因为时代真的很久远了。当我上大学那些年，和朋友讲起重庆的故事，说到那一座座绵延不断的山，穿梭在群山之中，被嘉陵江环绕的城市，实际上不允许有自行车的存在。说“不允许”有些言重了，但事实上，和中国的大多数城市相比，重庆的地形确实没有办法以自行车代步，即使是公交，上坡都需要加足马力，行驶起来轰隆作响，好像随时要在半路熄火一样。

而我们家就有过一辆自行车，那是我爸的，如果我没有记错，五岁前，我爸还是骑自行车上班的人，那时候一栋楼的邻居中，没有谁会骑自行车上下班的，他们大多走路或者坐公交，唯

独我爸骑自行车。

我爸是北方出生的南方人，可能正是因为这个，他才能够非常娴熟地在山路之间骑着自行车穿梭，而我实际上没有遗传到他这么优良的基因，倒是把他那不好看的走路姿势学会了。

我之所以能够那么清楚地记得我们家曾经有一辆自行车，是因为我熟悉那响铃的声音，当时所住的库房楼，只要听到自行车的响铃声，我就知道是我爸回来了。童年之中，我对父亲的印象其实很浅，甚至找不到一个落脚点去回忆他的模样，而那时候，父母和我确确实实住在一起，在那个库房楼的岁月里，我唯一能记住的却是外婆。关于父亲的记忆，不知道为什么缺失得只剩下自行车了。

那时候父亲应该还是二十几岁，连三十都没有到，想来竟然和自己现在的年龄差不了多少。当时他喜欢把我放在单车的前面，一边抱着我，一边骑车，其实这样很危险，但是他很喜欢这样做。记得有一次，天很黑，厚重的云层让人有些压抑，我问他："如果天塌下来了怎么办？"他那时候应该是说过"我护着你，但天塌下来也不会很重，都是云，正巧可以当被子盖"这样的话，顿时我就觉得心安了。

关于五岁前的记忆，真的都是零星的，回头去想，也都是些莫名其妙的场景。好比，我记得父母离婚之后，父亲带我去过一个偏远的乡下，他是去办公还是去相亲我不记得了，我只记得他就这样把我抱着，一边骑车，路很陡，路面凹凸不平都是石块，我昏昏欲睡，又很快被震醒了，当时天快黑了，眼看就要下大雨，他还是奋力往前，可是走着走着突然就停下来了。

“好像走错路了。”

“唔……”其实我当时真的是睡眼惺忪，根本不知道到了哪里。

“再往前走走看。”他好像在对我说，又好像在对自己说。

没走几步，就真的下雨了，那时候应该是七月天，暴雨倾盆，我们又到了根本不认识的田野间，那时候父亲手足无措，自行车就这样骑到了一个山坳里，有突出的岩块，可以躲一躲。

当时父亲抱着我，揉了揉我的头发说，还好没怎么淋湿。而他当时眼中的慌乱和不确定，我却记得很清楚。二十八九岁的他，带着一个孩子，在不熟悉的地方迷了路，眼看天就要黑了，田间是根本没灯的。那时候，我只说了一句话：“爸，我饿了。”父亲一面感到无助，一面又有些想哭（他确实红了眼睛），只是从口袋里摸了半天，也拿不出什么东西来。他说：“你睡吧，睡着了就不饿了。”但是饿的时候其实很难睡着的。

雨比想象中下得还要久，父亲就这样护着我，他身上大部分已经湿透了。后来我是真的睡着了，我隐隐约约感觉到他驮着我，扶着自行车慢慢往前走，后来大概是走出去了，但怎么走出去的，我确实不记得了。我只记得他爆了几句粗口，然后便一个劲地咳嗽起来。在那之后，他发烧去了医院，病好了就开始上班，我又有很长的时间没有见到他，他把我放在奶奶家，偶尔来那么一两次。

他陪我的时间很少，后来花钱给我买了一辆自行车，他原本是想教我的，但是我太笨了，摔了两次除了大哭什么也不会，最后他果断放弃了，便说，去看电影吧。

后来我之所以那么喜欢看电影，和父亲也有关系，他骑自行车带我去电影院，那些年厂办的电影院还没有倒闭，还能够看到一些比较有意思的片子。老爸买票带我进去，那电影院其实很大，左边是单号，右边是双号，其实我到现在也没明白为什么要分单双号。

有一次看《侏罗纪公园》，原本对于一个五岁的孩子来说，这算是足够恐怖的电影了，但是就在我一面尖叫一面躲避着看的时候，我才发现老爸睡着了，在那么精彩刺激的电影下，他居然在打鼾，当时我就把他摇醒，他抹了一下嘴巴，看几分钟，又睡了。后来我才发现，原来不管看哪部电影，他都能睡着。

我们往往是最后离场的，我坐在座位上，等到开了大灯，屏幕上走完最后一个名字，我才叫他，他伸个懒腰，看着满场已经没有人了，才冲我笑笑，说，啊，就这么结束啦。然后摸着我的头，牵着我走出去。

他在电影院前吸一支烟，然后把我放在自行车前面，他是很笨的父亲，不会唱歌，也不会吹口哨，但是他可以把自行车开得很溜，在重庆上坡下坡的道路上随意穿梭。

那时候已经灯火阑珊，我抬头，就能看见他的眼睛，疲惫的、无助的、迷茫的眼神，但是又带着微笑、勇气和义无反顾在前行。

他问我，你和我一起生活，觉得苦吧？

我不知道他为什么要问一个四五岁的孩子这个问题，当时我根本没法回答。

他想了想又说，总之，你以后可不能像我这样没出息。说完，他长长地叹一口气。

有时候，明明有近路可以走，而老爸却总是喜欢绕远路，我说，老爸你是不是又不记得路了。老爸说，我只是想多带你兜兜风，看看风景。那些绕过的路都很长，长到我总是睡着，总是等老爸抱我上楼，把我放在床上。

那是我和父亲相处的岁月，单薄得我记不得多少事情，但是对于这两件事，我始终记得很清楚，一个跟我现在差不多年龄的青年，带着一个四五岁的孩子，摇摇晃晃地穿过那些市井，穿过那些山坳，穿过那些岁月的剪影。

他说，那些绕过的路，都是值得你去欣赏的风景。

而现在的我，每每远行在外，都会想起父亲的话，不论工作学习还是生活，总有不在预期道路上行走的时候，也觉得天意弄人。起初很是急躁，甚至觉得挫败，但是日子一久，却越来越发现，那些弯路反而让我学到了更多，受益匪浅。

有一天，我骑着单车在夜色的上海融入车流时，才意识到父亲曾经教我骑自行车时对我说的话有什么深意，他教了我很多次，终究我也没有学会，他说，不学会也好，等你学会的时候，估计也就不需要我了。

我看着前方跳转的红绿灯，突然有些出神，后面的汽车鸣笛把我拉回了现实，我踏着自行车越过那条斑马线，想起父亲的脸，却怎么也不够清晰，原来，我们竟有五年不曾相见了。

是的，缓慢而非濒临绝望地生活

人是很容易浮躁的，特别是在同等频率下生活过一段时间后，周而复始地重复劳动，就极其容易陷入困局。你会疑惑地铁上为什么有那么多人，疑惑道路之间的红绿灯为什么会设定或长或短的秒数，疑惑为什么情侣会吵架夫妻会离婚，疑惑那个坐在台上的明星明明乏善可陈，却为什么有那么多追捧他的粉丝。而这些问题，你统统不可能一时间就想到答案。

所以当我坐在阿日的汽车后座上，趴在车窗上吸烟，看着窗外林林总总的树木时，我觉得这次旅行来对了。比起那些繁杂的问题，此刻的清幽真是可以让人的心灵得到洗涤。

阿日的车沿着山路缓缓前行，筷子从右前座递过来一袋薯片，我一边接过来，一边把烟屁股扔在了山路的拐脚上。筷子调侃道，你可别引来森林大火，可是要判刑的。我笑笑说，那我就诬陷是你干的！筷子得意地摇头晃脑，说，滤嘴上你的唾液可是查得出DNA的。这时阿日也被逗笑了。

我们仨曾计划过很多次出行，对，很多次，我们在网上找攻略，找地图，找驴友，但是最后我们都放弃了。说实话，归根结底，是因为我们太穷，穷到只能宅在家里吃吃泡面看看电影（偶尔限制级）刷刷朋友圈，感慨一下人生——操，某某某，怎么这么清闲，今天去泰国，明天去日本！然而，我们只有咂嘴的本事，其他的什么也没有。

包括这辆车，我们已经穷得叮当响了，自然没钱买车，这车是租的，我们仨凑了点钱，想着年底之前，无论如何要把出行的计划给实施了，不能去那些人多的地方，也不能去什么网站五星推荐的冷门景点。我说，索性就去附近的山上吧，应该不会花太多的钱。这个提议最终获得另外两个人的同意。

为什么想到远行，起初是为了赌气，想着连隔壁包租婆都可以假装背包客到处留下足迹，我们几个二十五六岁的大好青年为什么不可以，再则是为了散心，阿日在上个月丢了工作，筷子被女朋友甩了，而我没有什么太大的事情，但是心里却格外烦躁，所以我认为我们有必要来一次远足，哪怕并不远。

有时候不是害怕失败，
而是害怕已经错过了该奋斗的时光。
有时候不是担忧阻碍，
而是担忧从一开始就走错了方向。

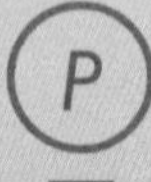

越是喜欢你的人，
越是喜欢把你的缺点挂在嘴边，
那些如数家珍的缺憾，
反而是对方记住你的标签，
不是因为完美才会喜欢你，
而是因为喜欢你才觉得你完美。

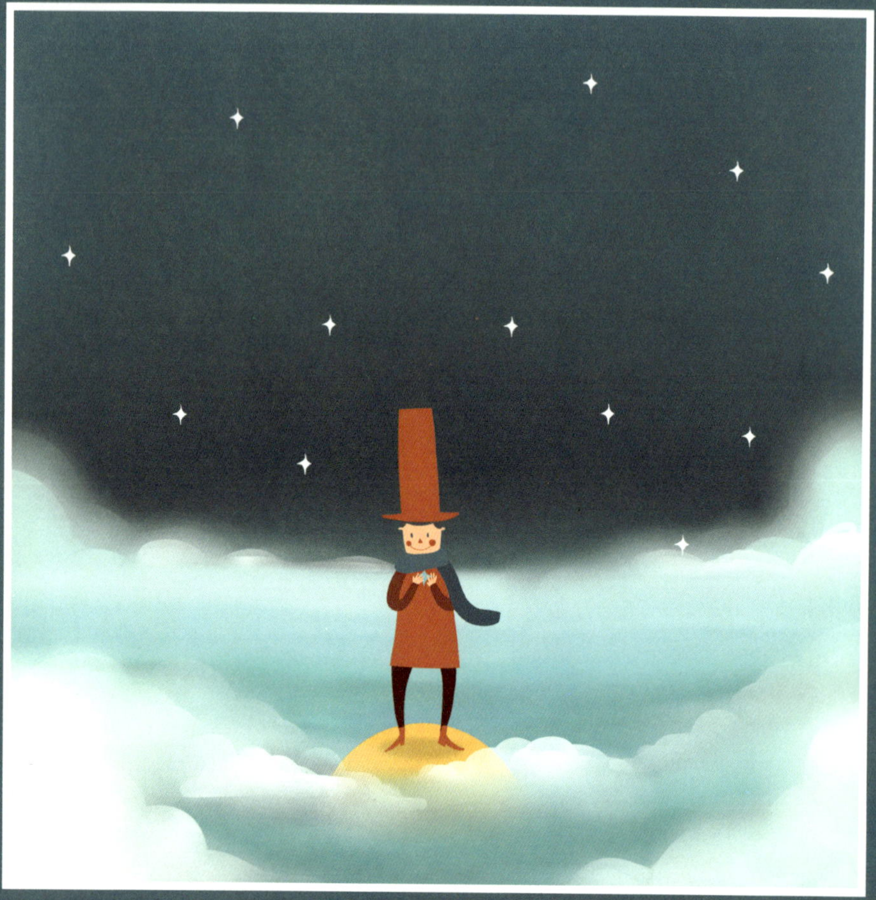

想成为你的港湾，
慢慢地却发现和你越来越有距离；
想成为你的肩膀，
慢慢地却发现你不再依靠。

阿日辞职之前是一位厨师，他能够做出我认为世上最好的菜，但是并不能获得老板认可。阿日把菜看当作艺术品，所谓艺术品，自然要投入精力去研究，而老板不是嫌弃阿日动作太慢，就是嫌弃做菜成本太高，老板曾非常严厉地批评过阿日，说，我们只是一家卖快餐的小餐馆，没有办法养你这种米其林大厨。但阿日似乎屡教不改，最后老板找到阿日进行了一次深度谈话，谈话时间长达两个小时之久，最后老板递给阿日一个信封，那是他的工资和年终奖，老板没有说别的话，就回厨房做事了。

我和筷子安慰阿日，天将降大任于斯人也，必先苦其心志，勾践还要卧薪尝胆呢，是吧？阿日却淡然地说，工作可以再找，但是眼下要交房租了，却没办法再拖。经阿日一说，我和筷子才意识到月底将近，而我们还有五六千的信用卡没还，顿时三个人望着房间里空荡荡的墙壁发呆，好像末日随时都可能到来。

正如我前面所说的，与此同时，筷子和他女朋友分手了。其实对此我反而感到庆幸，倒不是幸灾乐祸，而是我一直觉得那个女生配不上他，可以说整个朋友圈（实际上就是我们仨）里，都对她不抱好感。最终分手的原因，自然是她嫌弃筷子太穷。

其实就我看来，我们并没有穷得叮当响，因为据我所知，我的大学同学有比我更落魄的，他们一样结婚生子，相安无事。但我依旧觉得我们穷，是因为当年我们仨闯进上海的时候是带着满腔热血的，我们抱着“务必要在外滩买一套房子”的决心站在黄浦江边上发过誓。事实上，那不过是一群傻逼屌丝在那里丢人现眼，但回头来看，我们还是会感动得热泪盈眶。我们在上海待了五年了，依旧只能住在浦东11号线走到底的郊区，依旧只能住着隔板房，甚至不止一次，我躺在床上听见筷子和她女朋友做爱的声音。最后一次，那个女生连叫的欲望也没有了，只是淡淡地说，我真是受够了这里发霉的气息和躺上去就感觉要垮掉的床。

你能想象吗，我们表面上是三个人住在三个房间里，实际上，这三个房间是由一间大卧室隔出来的，所以，我们和上大学时住宿舍没有太大区别。

那天晚上筷子喝了很多酒，站在阳台上冲着我笑，说，干脆死了算了。我们住在七楼，跳下去必死无疑。我内心是害怕的，但依旧带着玩笑的语气说，不会吧，你不会为了这么一个女人就轻生吧。筷子扔了酒瓶，说，操，我原本以为我们会渐渐往市中心搬，却不料这几年越搬越远，好像马上就要搬出上海了！每次打电话约她，她都要两个小时才能到，我们到底在图个什么。

而那天傍晚，夕阳很美，我和筷子顺势望过去，就看见了不远处的山。你知道吗，在上海能看见山是很稀奇的事情，或者说根本不可能出现，但是，我们就是看到了。我立马跑出去，叫阿日过来看，我说，快来快来！阿日云里雾里，直到我说，我们去爬山吧，这个周末，不要计划了，不用等了，就这周末，为了我们的旅行。

车已经渐渐接近山顶，一路上阿日都开得很慢，虽然他嘴上说希望我们多看看风景，但我知道他是因为已经好些年没有开过车所以生疏害怕而放慢了速度。我一直趴在车窗上，筷子有些昏昏欲睡。这天天气太好了，一眼望去，四周郁郁葱葱，间隙落下阳光，偶尔掠过的鸟鸣，让人心旷神怡。

我说，阿日，你能想象我们在上海待了五年了吗，比上一次大学还长。阿日说，对哦，你不说我还没发觉。我顺道揶揄筷子，说，你不是说存三年定期就结婚的吗？筷子不乐意地说，操，钱全被她花光了，一分不剩，这么多年，我衣柜里的衣服一件没多，反而少了，有一次下大雨，我去找她，她外套湿了，我就把我的衣服脱给她，后来她竟然弄丢了。阿日说，这么好的日子，别说那些烦心事儿了！

对啊，这么好的日子，我们已经多久没有过了。我曾经好不容易找到一份工作，是在一家广告公司做AE，说起来很高大上，但实际上办公楼是在居民小区里租的一间房，整个公司上上下下包括老板也不过六个人，大家每天都在加班加点地做事，但是并没有获得很高的薪水。让我自己都感到吃惊的是，我居然在那里待了五年，多少人离职了，而我却坚持了下来，但老板并没有感动，依旧挑我各种毛病，嫌弃我对客户谈判的技巧不够好，我至今也不知道我为什么要留在这家蹩脚的公司。最后，筷子说，因为你穷。

你没有办法去选择太多的东西，因为你没有资本，日子久了，你也老了，曾经那个热血沸腾的少年早就消失在茫茫人海中了。

有段时间，我精神高度紧张，非常担心工作上出问题，夜里睡不着觉，要靠吃安眠药才能入眠。后来去医院检查，医生说我有轻度抑郁，当我拿到诊断结果时，我的眉头皱在一起，因为我不知道自己年纪轻轻为什么会得这种病。医生建议我好好放一个假，和亲戚朋友出去玩一下，当我拿着诊断结果去找老板请假时，老板问，请多久。按照常理来说，请年假之前，你务必已经有了一个详尽的计划，去哪里，干什么，而我一点头绪也没有，我哪儿也去不了，因为当时我的工资卡里只有两千块不到，于是我和老板说，放一天吧，我想休息一下。

那一天的休息之后，我的桌上又多出一大堆东西来，而那休息的24小时似乎比任何一天都要短暂，我好像才刚刚看见日出，转眼就已经日落了。

阿日问我们要不要撒尿，筷子说，这种事情不能提，提了就想了。于是阿日停了车，我们站在山路边上随地小便起来。我说，真担心有女的突然路过。筷子说，那才好玩，好像好久没看见过女的了。阿日拉好拉链，回到车上，说，应该快到顶了。

我们顺着小路往上走，只看见郁郁葱葱的树木把整个世界都包裹起来，山顶就在眼前了。阿日停好车，我们就坐在光秃秃的木桩上。筷子递了一支烟过来，接着又递给了阿日，然后我和筷子几乎异口同声地说出来：生日快乐。

阿日看看我和筷子，咧嘴笑，说，你们还记得。

我说，记得，不过不记得你多少岁了，所以没买蛋糕。

阿日说，二十八了。

我们从后备厢里拿出一些食材，阿日已经生好了火，我和筷子到周围捡了些柴回来，阿日已经切好菜了。没多久，阿日就做好了晚餐。筷子一边夸奖阿日，一边往嘴里扒拉着米饭，反倒是我，又非常扫兴地说，阿日，你们老板不要你真是太他妈没眼光了。筷子也很不应景地说，那阿日你接下来怎么办。阿日啜着汤，说，我妈让我明年回老家结婚了。我和筷子都有些诧异，问什么时候决定的。

阿日说，怎么办呢，混了这么些年了，还是老样子，而且好像也不会有什么改变了，以前年轻还有借口，现在连借口都没有了。

我和筷子都没有说话。这时阿日又开口说，但是，总归不甘心啊，就像爬山一样，总会到达山顶的，只是，慢了点，可是，生活的路比这山陡，快不起来啊。

筷子突然说，操，要是娶一个富婆就好了。

我笑道，即使娶不到，过个夜，能施舍一点也好啊。

说完，三个人又陷入了沉默之中。

后来我们扎了帐篷，三个人躺在帐篷里，居然一点睡意也没有。筷子说，我刚刚拍了照，要不发朋友圈吧，就说我们在什么欧洲小镇边上的树林里，装得逼格高一点。而事实上，这种荒郊野岭，连信号也没有。我坐起身来，从上衣口袋里掏出一支烟，吸了一口，说，我们也算是旅行过了吧。

算，当然算！筷子应和道。

阿日说，我毕业那年办的护照，到现在还是新的，据说只能用十年，有效期都过半了。

我又躺下身，说，睡吧，明天一觉醒来，世界就变了，我们都会变得很有钱，或者说其实之前的一切都是梦。电影里不是都这么演的吗？

筷子和阿日都笑了，我知道他们不是在取笑我，而是赞同地笑。

第二天我们被阳光照醒了，我走出帐篷，呼吸了很大一口新鲜空气，阿日起身洗漱，筷子用尿浇灭了篝火。

我总觉得一切应该有些不一样了，不管是自己，还是阿日和筷子，我相信很快就有会新工作来找阿日，筷子也会遇到真正爱他的人，而我，应该立马就能升职加薪，然后三个人朝着市中心越住越近。

当我和筷子收拾好一切，一边叫嚷着“回家了，我们都会变成大富翁”，一边走向那辆车的时候，阿日从车上走下来，垮着肩膀，略显无奈并叹气地说，没油了，一点也没有了。

这时阳光照过来，落在我们三个的肩膀上，我冲筷子笑笑，筷子也冲我笑笑，然后我们挽起袖子，朝阿日走去。

你唱起岁月如风，却不知它吹起满城桂花浓

阿龙和阿超从小就是兄弟，住隔壁，阿龙生下来没一个月，阿超就出生了，两家人关系一直很好，阿龙和阿超也因此成了朋友，小学同班前后排。原本两个孩子都很聪明，结果阿龙八岁那年爬树捉知了，一个不留神摔了下来，后脑勺着地，好歹没出大问题，但是从此反应就比其他人慢了半拍。阿超上大学那年，阿龙还在复读高三，等到阿超已经快要实习了，阿龙也只上了个三流专科。乡里人都说阿龙名字取得不好，父母望龙，最后却养了条虫，为此阿龙还和始作俑者干了一架，最后阿龙的爸妈还提了鸡过去赔礼道歉，指着阿龙说他真是“又木又傻”。

毕业之后阿超去了上海，阿龙留在了镇上做工。阿超工作第一年回来，看见阿龙从厂里出来，一手油污，见了阿超就跑上

去给他一个大大的拥抱。阿超也不嫌弃，叫了阿龙一起下馆子。阿龙看着阿超一身好装扮，说得回家洗手洗澡换身衣裳，不然丢了阿超的脸，阿超说不嫌弃，阿龙却非常执着。于是阿超就先去他们小时候常去的馆子点菜，阿龙随后就来。

阿超问阿龙最近都在忙啥，阿龙说就是拿着扳手在厂里游荡，哪里喊了就到哪里去，身子一躺，螺丝一上，一个上午就过去了。阿龙说得轻松，其实阿超知道那是苦力活，上大学那会儿，逢年过节回家，他都能听到父母讲阿龙的事儿。

阿超从小到大顺风顺水，毕业之后又去了电视台，没多久就被看上拉去拍戏，在镇上很快就传开了，和阿超比起来，阿龙就逊色太多。有时候在电视上看见阿超，阿龙就要和工地上的人说，我兄弟昨天又上电视了！别人只会讥笑他说，又不是你上电视了，不过你这辈子也没办法上电视了，好好拧你的螺丝吧。

阿超的父母问阿超能不能在上海帮阿龙找点事情做，这么年轻就待在小地方，一辈子可惜了。阿超点头说他回去想想办法，这阿龙就像自家兄弟，不分彼此。

后来阿超帮阿龙在电视台找了个活儿干，就是帮剧组打打杂，搬搬道具，举下灯。虽然不比工厂的工作轻松多少，但至少可以接触更多的人，而工资也要高很多，加上他可以住在阿超的小公寓里，不用太担心房租，也算不错。

但是很快，问题就来了，因为阿超刚毕业没多久，即使被人看好，也不过是小演员一个，很多时候，阿龙就在戏班子里和别人说阿超有多厉害，是他兄弟，他们从小一起穿开裆裤长大的。刚开始大家只当笑话听，久了也烦，觉得阿超是故意叫阿龙来炫耀自己，对他渐渐也有了看法。

阿超一面顾及关系，一面又想着不得不和阿龙好好说说这件事。但是还没等阿超开口，更严重的事情又接踵而至。

那天原本是场重头戏，阿超在里面也不过五分钟的戏份，当然还有别的大腕过来，当时阿龙正在边上搬椅子，却看见那个姓刘的明星在抽烟，他走过去告诉那个明星，不能在这里抽烟，但对方压根没有看他一眼。他就火了，硬是把那根烟抢过来掐灭了才走。后来那个明星不爽，决定不拍了要回家，导演立马把阿龙拉到边上大骂了一顿，阿龙不服气说："阿超也是明星，为什么就那么守规矩，大家不都一样吗？"

那个明星道："阿超是哪个，阿猫阿狗能跟我比吗？"阿龙追上去，一拳打在那个明星脸上，幸好保安在场，才把阿龙控制住。

那天阿龙就被辞退了。夜里阿超请阿龙喝酒，阿龙却毫不在意地说："没事，就是工作嘛，在哪儿做都一样。你才是，不能总让那群人欺负你啊，你也得给他们点颜色看看。"阿超觉得阿龙傻，想着阿龙哪里知道人微言轻，但是却很感动。他们喝了三箱啤酒，阿龙却抢着付账，他说：“吃你的穿你的还住你的，我付一次账怎么了？我工资除了给我家里，还剩了好多，请得起你！”阿龙一面笑，一面付了钱，然后开摩托车送阿超回家。阿超有些醉了，嘴上一直说胡话，阿龙把他靠在自己身上，行驶在夜色中。

后来阿龙找了一个餐馆服务生的工作，离阿超上班的地方很近，有时候中午阿超还能过来吃个饭，阿龙都说算在他头上。半年后，阿超跳槽去了影视公司，阿龙又换了新的饭店做服务生，依旧在阿超公司附近，阿超想到个办法帮阿龙招揽生意，就和领导提出午餐外卖由阿龙那家店承包。领导其实无所谓，想着只要中午有饭吃就行，于是阿龙就成了他们公司的外卖专员。

阿龙每次来，都给阿超多带一份菜。阿龙人好，公司那些人也都喜欢他，他虽然皮肤黑点，但是人其实长得很帅，宽额高鼻梁，侧脸还有点像王力宏。身边的女同事开始打听阿龙的事情，阿超只是笑着说，我兄弟，从小一起长大的，目前单身，没女朋友。接着很快就有女生成群结队地去照顾阿龙的生意，阿超也替他开心。餐厅老板知道阿龙招揽了生意，还给他加了薪水。

一个月后，阿龙说他喜欢上了一个女生，是阿超办公室的小玉。阿超一面笑一面问阿龙要不要他从中介绍，阿龙说，算了，这种事情，看缘分。阿龙每次送饭过来，都问小玉在不在，他多带了个肉饼子准备给她。但是小玉不是在开会，就是在开会的路上，所以总是错过阿龙的肉饼子。

有一天他们在附近的公园出外景，原本请的歌手突然不能来了，正巧阿龙过来送外卖，阿超想起阿龙声音好，就和领导说可以让阿龙试试，领导那时也没办法，片子必须尽快送出去，于是答应了。阿龙从来没见过大世面，要他上去唱歌，除了两股战战，当然做不了别的。最后阿龙实在没有唱出什么来，红着脸下了台，领导把阿超骂了一顿，只能立马打电话找熟悉的歌手来救场。

阿超晚上回去怪阿龙，说："你怎么就不唱呢，你以前不是唱得挺好的吗？"

阿龙说："我看见小玉在下面，就什么都唱不出来了。"阿超气得爬到上铺蒙头睡觉，一句话也不想和阿龙讲。

下半年阿超也接了几部戏，一下子忙起来，夜里回家，洗洗就睡了，和阿龙说话的时间也越来越少。有一天阿龙拿着几个肉饼子，问阿超饿不饿。阿超说不饿，叫阿龙自己吃。阿龙说，这几个肉饼子是小玉退回来的。阿超突然停下手里的事，看着他，阿龙低着头说，小玉有男朋友了，在银行做事的，她就是看不起我。阿超抢过阿龙手上的肉饼，气得咬了两口，一边咽一边骂他没出息。阿龙满脸通红，原来他已经喝了好多酒了，就是在等阿超回家。阿超说，你要有出息，就要珍惜机会，你怕什么，原本就是赤裸裸地来，也不怕光条条地走，大不了回乡下去！

因为演戏的关系，阿超也认识了许多娱乐圈的朋友，他拉阿龙去试音，到录音棚录Demo。刚开始阿龙还是紧张，但阿超说，人多你紧张，人少你紧张个屁，阿龙就立马拿出他的那股大男子劲儿来，最后效果很好。阿超托朋友带给唱片公司，也很快有了消息，不过要包装艺人什么的，比想象中要难，所以也是让阿龙等着。

阿龙其实不急，他觉得做服务生也挺好，每天没有阿超那么多烦恼，有时候看着阿超背台词要背到半夜两三点，阿超担心影响阿龙休息，就在厕所里对着镜子练习，一遍又一遍。阿龙其实很多时候都没睡，他觉得阿超一直很好强，自己和他差远了，所以也下决心要努力起来。

阿龙开始在休息的时间练歌，尽量让自己显得不紧张。他花钱买了把吉他，跟着网上学，虽然慢，但是也渐渐有了成效。等到不上班的日子，他就坐在陆家嘴天桥下弹着唱，哪里人多，他就去哪里练。一开始也找不着调，过路人都笑话他，好在他从小被笑话惯了，也不在乎，一次两次，总归慢慢上了路。夜里人们从正大广场看完电影回家，总能听见他安静地唱歌，他唱得深情款款，还有小女生被他唱哭，有一个大叔一边鼓掌一边投了十块钱给他，他还追着把钱还给别人，说他不是卖艺的，就是过来练练胆子。久而久之，许多人都知道陆家嘴天桥下有个“练胆哥”，还拍了视频发到网上，名噪一时。

阿超知道后很开心，没多久，唱片公司那边也来了消息，说可以借助这股热劲趁机宣传。

阿龙放了一首歌在网上，很快就红了，接着又放了几首，还有了粉丝。相比之下，阿超一直很努力，却始终没有得到什么机会，一场戏里，总是那么短短十来分钟的戏份，即使接再多的戏回来，也没有他演主角的份。

阿龙请阿超去酒吧喝酒，就像阿超当时鼓励他一样鼓励阿超。不知道是真的否极泰来，还是阿超的努力终于有了回报，一个导演打电话给阿超，说想叫他去试镜。那天阿龙陪着阿超去，一路上笑逐颜开，阿超其实演技已经不错，所以试镜没有什么问题，当时导演就选中了阿超。

夜里庆祝，导演邀阿超和阿龙还有戏班其他几个同事一起吃饭。酒过三巡，阿超有些醉了，阿龙也微醺，导演还在灌。其他几个同事都倒下了，导演指着他们鼻子骂废物，说酒店楼上都有套房，直接上去睡就行了。

几个人跌跌撞撞上了楼，阿龙扶阿超进房间，导演告诉阿龙房间在几号，阿龙点头过去，回头却看见导演进了阿超的房间。他走了几步，越想越觉得奇怪，转身调头往回走，但房门已经锁上了。他试着敲了敲门，没有人应，他二话不说就撞开了门，原来那个导演正在脱阿超的裤子。

阿龙一火，走上去就把导演往死里打，阿超惊醒了，却见阿龙已经把导演打得喷血。阿超连忙过去拉阿龙，阿龙不理，还在打，阿超一边哭一边叫阿龙不要打了，打死人了！阿龙松开手，才发现导演已经奄奄一息了。

阿龙被警察带走的那个夜里，阿超一直跟着，阿龙说，没事的，我这是为民除害！阿超说他傻，打死人是要偿命的！阿龙说，那也不能让他欺负你！

后来阿龙的官司并没有打赢，导演没死，却请了最好的律师，把阿龙关进了监狱。阿超去探监，阿龙说，没事，三年就出去了。阿超却大哭起来，说阿龙爸在老家听到消息，气得犯了脑溢血，瘫了。阿龙一直扇自己耳光，说自己不孝，没事来什么上海，在家做工就好。

看着阿龙一边流泪一边咒骂自己的模样，阿超心里特别不是滋味。要是自己没叫阿龙来上海，要是自己不争强好胜去演戏，要是……

阿超缓缓地走出监狱，看着远处嬉戏的孩子们，蝉声一浪一浪地侵袭。他想起八岁那年，他爬到树上去捉知了，阿龙站在树枝的另一边，原本阿龙已经捉到了，要下树，阿超不服气，非要自己捉一只，可是，那只知了飞了，他没扑着，差点摔下去，阿龙一把拉住了他，自己却一个踉跄，压断树枝，落到了地上。

阿超骑着摩托车回去的路上，回想起，也是好多年前，阿龙和自己骑着自行车上学，那时候阿龙唱着歌，歌声响彻了整个小镇，满路的桂花香，和现在一样。

阿妈经常讲，夏要末了，八月桂花香了，你们俩就出生了。

我们总是在不懂爱情的年龄，遇到最美的爱情

时隔多年，温言依旧记得十几年前小天被老师叫起来读《庐山烟雨》的样子，死活不肯念普通话的他，生硬地读完了那几句诗，随后，老师又叫了温言起来重念，温言像是故意读给小天听一样，抑扬顿挫，掷地有声。小天低着头不看她也不看黑板，拿着铅笔在本子上画圈。

那时候的小天和现在全然不同，瘦削的身板，褶皱的衬衫，超过眉梢的刘海，在别的男生都在教室疯打在走廊盯梢的日子，只有他总是埋着头，有着睡不完的觉。

和小天内向性格完全相反，温言是个典型的女汉子，于是在日常生活中，“欺负”小天也是温言在学校最开心的事情之一。因为同桌的关系，她总是一巴掌拍在小天的背上，午间或傍

晚，让他去食堂帮自己带一份饭；遇到不需要动脑筋的抄写作业，就让他一个人把两个人的包办了；有几个老师比较讨厌，温言不想上他们的课，就躲在书本后面吃零食，让他掩护……只要温言想到了，就一个巴掌拍过去，小天总是嫌痛地揉揉后背，温言只说：“这是给你健身，看你这小身板，以后哪个姑娘敢跟你。”虽然温言总是粗言粗语，但并没有恶意，时间长了，小天也习惯了温言那“不客气”的手。温言对小天像对弟弟一样照顾，小天也开始会和温言说一些不会随意倾吐的心里话。温言逼着小天叫自己姐，其实她比小天还小一个月。

在温言眼中，小天是被保护的存在，初二的那年，因为家变——父母离异，继母苛刻，小天长时间夹在扭曲的家庭关系之中，便越来越封闭自己的内心。多亏了和温言疯疯闹闹，才稍稍能开心一些。

升入高中之后，温言去了市重点，而小天留在了镇上，那时候温言坚持每周给小天打一通电话，问长问短，嘘寒问暖，开始小天不说话，就听温言一个人说。有一年寒假的夜里，小天从家里跑出去，在路边给温言打电话，温言刚开口，小天就哭起来，原本压抑已久的内心终于找到了缺口爆发，小天说：“能不能见你一面，就现在。”温言看表已是深夜十一点，父母已经睡了，要是开门必定会惊动他们，到时候也给不出正当的理由。小天在电话那头候着，温言一咬牙，说：“好，你在哪儿？”

现在回头想，那个时候就和疯了一样，因为温言的第一反应是跳窗户，但是从三楼跳下去，不死也得摔伤，站在窗沿上，温言犹豫了片刻，最后还是没有跳下去，而是轻手轻脚地开了家门。这时候父母应该听到了动静，但是她也管不了了，像离弦的箭一样奔了出去。

而小天却没有在温言约定的地方出现，那是学生还没有手机的年代，要是约定的人不出现，除了等待就只有离开。温言心想应该是小天还没有到，或许自己跑得太快了。昏黄又无人的街道，只有温言一个人抱着双臂站在那里。直到天快亮了，小天都没有出现，温言拖着疲惫的身子回家，父母还在熟睡，她倒在床上，突然有些委屈，不明的情绪涌上心头。也是那一刻，温言突然发现自己好像有些喜欢小天，然而这种喜欢却不能言说，一直作为姐姐的温言自知小天从一开始就把自己当成哥们儿。

几天后，小天打电话过来，温言抑制不住心中的怒气，直言道：“那晚你去哪儿了？”小天一直在咳嗽：“那天我爸找到我，把我抓回去了，这几天我一直被关在家里，学也没有上，又发高烧。”温言说：“要不要我来看看你？”小天却说：“真对不起，那天晚上。”温言一急，骂了小天几句：“都这个时候了，说这些客套话干吗，我大人有大量还和你计较这些吗？”说完眼眶却有些湿润。小天说："我爸要把我弄到外省的学校去，我亲戚在那边当老师，他估计彻底不想要我了。"小天一说，温言心里就像吃了酸梅一样："你爸不要你，姐要你，你去外省就去外省，姐有空就去看你！"小天在电话那头笑出声来："你说的哦！"爽朗的笑声反而让温言难过得一塌糊涂。

小天去了外省以后，却和温言减少了联系，温言从别的同学那里打听了一些小天的消息，那些道听途说的消息不明真假，却牵动着温言的心。据说小天离开父亲和继母后，性格渐渐开朗起来，抽烟打架也都学会了，有时候和其他男生去天桥卖盗版碟，赚了钱就买烟买酒，学业也渐渐顾不上了。而这些事，温言好几次想当面问，但每次话到嘴边，又咽了下去。小天总是慵懒地说："姐，你说来看我呢，啥时候来，再不来，我都要毕业了。"温言说："来，怎么不来。"最后一次通话，是小天喝醉了酒，他打给她，只说了一句："姐，我谈朋友了，你快恭喜我，长得可漂亮了。"温言在电话这头迟迟没说话，话筒悬在半空中，而电话中，她听到一个温柔的女声，对他说"小心点"。他在电话那头吐，温言知道他是开心，因为她已经很久没有听到他那么轻松的笑声了。

温言上了大学，小天去念了专科，不在一个城市，就像大多数年少时的朋友一样，以为会有天长地久的情谊，却在念念不忘的过程中断了联系。大学之后，温言依旧像个汉子一样独立自主地过着日子，没有想过恋爱，也没有接受那些追求者，班上有一个不爱说话的男生经常藏身在其他男生之中，温言看着他，就不免想起小天来。手机里一直有着那个电话，却从来没有考虑打给他，但是每年温言生日，小天都不忘送来一个祝福。大二的那个冬天，温言一个人坐在寝室，她给自己买了一个小蛋糕，然后接到老同学和爸妈的祝福，原本准备点蜡烛许愿，这时突然收到小天的信息，他说："你住哪栋宿舍来着？我在11舍门口。"那一刻温言以为小天开玩笑，打电话过去，小天说："我没骗你，你不信来看。"温言还没顾得上许愿，吹了蜡烛就往楼下跑。当时下着微微细雪，小天穿着毛茸茸的连帽卫衣，这些年不见，他已经不再那么瘦了，肩膀也宽了很多，最主要是比温言一下高出一个头，温言有些不敢接近，或许是一切来得太突然了。但靠上去时温言依然忍不住给了小天一个大大的拥抱，然后一巴掌拍在他背上，说："你干吗不提前说一声！"小天稍显羞赧地笑了下："想给你个惊喜。"

温言知道那一刻的心跳代表什么，也明白这个拥抱对于她而言，无疑是十九岁最美好的礼物。温言带小天去吃夜宵，原本都是欢快地交谈，末了，温言忍不住问："你女朋友呢，怎么没和你一起来？"

小天说："带来干吗，碍手碍脚，在家歇着呢。倒是你，这么多年，还没给我找个姐夫。”

温言以为会得到两人已经分手的答案，却不料得到这样的回复，虽然心中有稍纵即逝的颤动和略微的失望，但温言却没有表现出来，而是笑着说：“姐夫哪有那么好找，你不知道有个词叫宁缺毋滥啊？”

小天在温言这里待了两天，这两天的时间，温言一直陪着小天到处吃喝玩乐，当然，时不时会有小天的女朋友打电话过来，他会侧身到一边去，留温言一个人在边上咬着糖葫芦发呆。

有一天晚上，温言说：“你们还真是恩爱啊。”小天笑着说：“挺烦的，真的。”

那时候，温言发现，小天不再叫自己“姐”了，而叫她“温言”。

小天走的那天，温言没有去送他。温言骗他说有课，其实是躲在寝室发呆，她真想奔去火车站，拉住他，叫他再玩两天或者干脆别走，但是，再一想，温言又觉得幼稚。虽然有很长的时间没有联系，但是再见面又像当初一样，温言非常确定这种心花怒放的情感意味着什么，但是，她不愿意去捅破，特别是在这个时候。

而那次回去之后，小天果真就和他女友分手了，分手当夜，小天喝了很多酒，骑着摩托车出去飙车，结果不留神，擦过人行道，整个人被甩了出去。温言接到电话就开始哭，和辅导员请了假，去小天的城市看他。小天的手严重擦伤，腿也骨折了，小天闷闷不乐，又好像回到初中的那些日子。温言抓住小天的手说：“你傻啊，你以为你伤害自己有用吗，那个女人有什么好，有姐好吗？你有啥事不能和我说呢！她不要你了，我要！”小天双眼有些湿润，但当温言说出那句话时，他也有些惊讶。温言继续说：“以前也好，现在也好，只要你想我在，我就在，别人不要你，我要你。”迟疑了片刻，小天却说：“可我，忘不了她。”

温言坐在医院的走廊，看着人来人往的病人和他们的家属相互搀扶行走，突然觉得自己在这里有些尴尬，小天爱的人迟迟没有出现，但她知道，自己并不是他爱的人。

小天睡着的时候，温言坐在他旁边帮他削了个梨，小天微微睁眼，看见她，淡淡地说：“你还没走啊？”温言点点头：“我马上就走了。”温言起身，小天突然叫住她：“我想，我是喜欢过你的，不过，不是现在。”

回程的车上，温言自顾自地流泪，哭得昏天暗地，回到宿舍，睡在床上，感觉整个身体都不是自己的。温言第二天便去营业厅换了电话，除了几个格外好的朋友和父母外，基本没有告诉任何人，她突然想安安静静地回到一个人的生活，但是不知道为什么，一躺在床上便想起小天说的那句话。

小天在某个夜里打电话过来，温言因为没有存他的号码而接了起来，小天在那头有些绝望地说：“为什么要换电话？”温言撒谎说：“之前电话被偷了。”小天说：“那你为什么不通知我？”温言便不再发声，小天生气地挂掉了电话。温言听到忙音的那一刻，就知道，他们完了。

毕业之后，小天在一家汽修厂做工人，温言在当地的一家报社做编辑，虽然两个人都回到了家乡，却很少见面。有一天，温言坐朋友的车去办事，中途车出了问题，开去汽修厂，没有想到小天正好轮班出来修车，当时两人相见，一时间无言。正值三伏天，小天蹲着身检查，大汗淋漓，温言看不下去，从包里拿出纸巾蹲下身给他，他没接，她就帮他擦脸，小天皱着眉头退了一步，说：“我在工作！”温言起身，没有再说什么，跟着朋友进了休息室。

也是在那天之后，温言每每经过那家汽修厂，都期望能够看见小天，不用上前寒暄，也不用刻意交谈，而是能够看到他还在，心里就安心一些。然而，她一次也没有再看到他。

年末的时候，初中同学聚会，小天和温言都回应参加，那天小天脱掉了平时的工作服，换上了随意的卫衣，而身边的同学大多结婚订婚甚至有了好的出路，而小天只是一边笑一边喝酒，然后趴在沙发上听大家唱歌。温言突然站在台上，唱了一首《如果没有你》，小天听着听着睡着了。

小天醒来的时候，房间只剩下他和温言了，小天坐起身，抹了抹嘴角的口水。温言说：“头痛吧，给你倒了杯茶。”

小天道谢，端起桌上的茶喝了起来。

“大家都走了？”小天问道。

温言点点头。小天说：“那我们也走吧。”

那条路是他们以前常常行走的路，周遭的一切也没有发生太多的变化，小天突然开口说：“我不想再找对象了。”

温言哦了一声，不自觉地说道：“我可以等你。”或许是酒精作祟，否则温言也不清楚自己为什么会说出这么奇怪的话。

小天顿了顿，又走了几步，说：“不，不用了。”

温言突然有些生气：“这么多年来，你不懂吗？”

“我懂，但是，有些感觉错过了，就不再了，这些年，你我都不一样了。”

这时温言停住脚，一把把小天拉过来，深深地吻了上去。小天没有推开她。她也是第一次那么大胆地去爱一个人，温言说：“我要回去了。”小天没有拉住她，她招了出租车，扬长而去。

沈先生的出现让温言感受到了一丝丝的安慰，沈先生是温言采访的一个作家，他是一个有深度有内涵的人，离过一次婚，有一个女儿，虽然这些在温言看来，都不符合她内心的择偶标准，但是沈先生非常温和地对温言说："你应该考虑一下自己的事情了，女人，不适合一辈子奔波。"或许是这样的一句话，点亮了温言心中的灯，她在沈先生身上看到了小天身上没有的成熟和独立，相对于之前保护对方的那种欲望，温言突然也想有一个呵护自己的人出现，而这个人无疑是沈先生。

温言思考过自己的未来，她也没有理由拒绝掉追求自己的人，曾经掏心掏肺的等待，换回来的只是"不必"二字，一是委屈，二是活该。温言并没有立马和沈先生交往，而是留给自己一段时间好好思考。沈先生说，女儿还小，需要一个母亲，而温言并不清楚自己是否做好了做一位继母的准备。

这时小天找到温言，开口便把温言和自己曾经的继母做对比："有一天，你会有自己的孩子，那一天，你就知道继母到底是什么样的角色！"温言心里非常难过，因为小天对自己的质疑，也因为小天立场的不可理喻。温言有话直说："有些人，等不来，会累，等来了，会变，其实那一年寒假你出逃的夜里，就预示了我们的结局。就像你说的，既然我们都不是最初的那两个人，又有什么资格来要求对方的人生？"

小天忍不住说："那些年，你说你来看我，我等了那么久，最后你也没有来，不是吗？我以为我抽烟喝酒打架，你就会过来看看我，结果，你根本问也没有问我一句。”

小天抱着温言，而温言却挣脱开了小天的怀抱：“天，最好的日子，我们都错过了。”

温言离开了自己长大的这座城市，已经不年轻的她，还是选择了北上继续寻找更大的舞台，她没有答应沈先生，也没有再去找过小天。即使后来，她也听说过一些小天的事，朋友们都说，小天根本不爱你，他和我们聊天的时候，从来不会提起你的名字。温言莞尔，她知道，对于一个人，过多地提或者故意不提，都是内心还没有真正地放下。

就在温言去北京的第二年，小天突然打电话给她，他支支吾吾想说什么，最后却总是说不出口。温言说：“你有什么就说，没事我就挂了。”小天讲：“我爸重病，这几天要做手术，我……我想问你借点钱。”温言说：“多少，你快说，我下午就去给你打！”小天说：“五万。”温言收线便往银行冲，她自知心里是多么在乎他，卡里仅存的六万五，她一分不剩地给了他。而那天之后，小天再也没有联系过她，也再也没有出现过。

温言听说小天的父亲最终还是去世了，而小天身负重债，还不起，就跑路了。温言觉得他傻，心里骂了他无数遍，但是每晚还是给他祈福，希望他平安无事。

温言开始在网上发帖子寻找他的消息，她知道，自己坚持，总归有一天会让他看到。她也希望自己的电话，会在某个不经意间响起，听到他说自己在她楼下，她也可以再大义凛然地说一句：“别人不要你，姐要！”

有时候，温言会陷入一片沉默，每当她看着自己传在网上那张小天十六岁的照片，就会想起那个三叶风扇旋转的下午，老师让小天站起来念诗，那首《庐山烟雨》。

“庐山烟雨浙江潮，未到千般恨不消。到得还来别无事，庐山烟雨浙江潮。”

那时老师站在讲台上说：“苏轼的诗其实写的是大多数人的心，未到庐山和钱塘湖之前，人们都对美景充满了期望，然而，真正到时，发现庐山只是山，钱塘只是湖，好像我们，走过一些岁月后，才发现，未抵达的永远才是最美的。”

哪个瞬间突然让你决定放弃你爱的那个人

【1】

陆霏霏从来没有想过她和刘滔滔会分手，就像她从来没有想过自己有一天会那么心安理得地接受芫荽一样。至少三年前或者五年前，但凡在菜中看见有芫荽，她是绝对会毫不顾忌情面地离席的。刘滔滔是湖南人，从小到大，菜中必然有芫荽，但为了陆霏霏，他就这样硬生生地戒掉了，这样好的刘先生，怎么会和自己分手，陆霏霏一直想不通。

自从恢复单身以后，office里的男人便开始蠢蠢欲动，张三今天送电影票，李四明天送玫瑰花，王麻子还订好了高级餐厅的位置，但是陆霏霏全都一一谢绝了。

周末的晚上，闺密蒋洁邀请陆霏霏去轰趴，说实话，陆霏霏并没有那么喜欢热闹的场合。蒋洁的目的很明显，无非是要帮陆霏霏脱单，让她遗忘失恋的痛苦，早一些找到幸福。陆霏霏对此很感谢，但是party上那些男人和office里面的男人相差无几，并没有让陆霏霏觉得会在其中遇见真命天子。

陆霏霏吃了很多蛋糕，饱饱地打了一个嗝，就是这个时候，周生生出现在了她的面前。

周生生不是卖珠宝的，而是一名设计师，他是蒋洁男朋友的partner。他主动给陆霏霏倒了一杯饮料，然后露出八颗洁白的牙齿，问陆霏霏舒服了一点没。陆霏霏不是没有触动，曾几何时，刘滔滔也这样做过，甚至在她面对更无助的情况时，都有刘滔滔伸出的那双手。她对他淡淡一笑，然后尴尬而简短地说：“谢谢。”

不知道是蒋洁住的地方比较偏还是那天确实有些晚，陆霏霏没有打到的士，恰好周生生路过，于是周生生问要不要载她回家。孤男寡女共处一车，自然有些诡异，陆霏霏摇摇头，周生生也是一笑而过，开车走了。大概十分钟过去了，果真一辆车都没有，周生生便回来接了她。

道别的时候，周生生礼貌性地给了名片，无非想要换取陆霏霏一个电话，陆霏霏从包里拿出一支笔，给他写在了手上。

不过她留的不是自己的，而是刘滔滔的。

【2】

陆霏霏自然不会那么傻乎乎地落入一个陌生男人的圈套，更是坚信这样的谦谦君子的真实面目非奸即盗。

第二天一大早，陆霏霏就接到了刘滔滔的电话，开口便问陆霏霏又和哪个男人厮混了。陆霏霏虽然有些不满刘滔滔的口气，但开心的是好歹引来了他的注意。陆霏霏矢口否认，一边夹着电话一边烤着早餐面包。

刘滔滔说："那为什么一大早会有一个男人含情脉脉地打电话给我，问我起来了没，难道是我……"

陆霏霏抢过话："哦，原来今天我才知道，你喜欢的是男人！"刘滔滔气急败坏地挂了电话，陆霏霏却乐呵呵地笑起来。笑过之后，看着桌上的一杯牛奶和一片面包，她顿时又有些伤感。

从小到大，陆霏霏都没有吃早餐的习惯，要不是刘滔滔坚持，她也不会相信有一天自己会起来做早餐。

陆霏霏和往常一样下楼，挤地铁，进写字楼，坐在自己的办公桌上，打开电脑，clock一下自己的名字，然后开始一天繁忙的工作。

陆霏霏没有想到的是，那天下班居然在楼下撞见刘滔滔。

"你来接我下班？"陆霏霏漫不经心地问了一句。

“我没那么多闲工夫，我只是顺道路过这里，想特地和你说一句，我们分手了。”

“这件事我几百年前就知道了，你何必专程过来和我说呢？”

“陆霏霏，你永远都是这样自以为是吗？”

“你第一天认识我？”

“OK，你的事情我无权过问，但是，你是你，我是我，请你不要把我扯进来。”

“所以，你是有新女朋友了？”

“你要这么理解也可以。”

“好吧，有机会介绍我认识一下，我也想看看自己到底哪里技不如人。”

陆霏霏并没有想过要气走刘滔滔，但是看见他就是忍不住要多说几句，以前是，现在也没有差多少。

【3】

周生生要弄到陆霏霏的电话并不是什么难事，因此当陆霏霏接到周生生电话的时候，也没有表现得太过意外。周生生是有教养的男人，即使陆霏霏那么整他，他也没有因此生气。

他说买了《恋爱的犀牛》的票，问陆霏霏有没有时间。陆霏霏对话剧格外情有独钟，但唯独不想去看这部，她说人不太舒服，想回家休息，周生生顺应她没有强求。

回家的路上，陆霏霏想起第一次和刘滔滔去看《恋爱的犀牛》，刘滔滔说马路真是好男人，陆霏霏却笑道，世上哪有这样的男人。而现在，陆霏霏倒有些动摇了，她在地铁上找到一个座儿，旁边的大妈正在看《来自星星的你》，陆霏霏心想，像都敏俊这样的男人，才是真的没有吧。

又是一个周末，陆霏霏原本约了蒋洁喝东西，结果蒋洁跑去美术馆看展览而爽约，陆霏霏无聊地在星巴克玩手机，周生生的电话横冲直撞地闯进来。

陆霏霏原本想挂断，手却不小心碰到了“接听”，周生生温文尔雅的声音让陆霏霏顿时狠不下心。

“我在咖啡店门外，你愿意请我喝一杯咖啡吗？”

陆霏霏心想这男人真小气，居然要女人请他喝咖啡。陆霏霏转向窗口，看见周生生彬彬有礼地点头，陆霏霏说：“好啊，你想喝什么？”

陆霏霏从来不知道星巴克有彩蛋咖啡，这种根本不出现在菜单上的品种居然被周生生所了解。陆霏霏突然对他有些另眼相看，绝对不单单只是因为咖啡这件事。

周生生抿了一口咖啡，说：“你觉得我怎么样？”

陆霏霏觉得这个问题问得真是唐突：“啊哈，要我怎么回答？”

“随你。”

这无疑给陆霏霏出了一道难题：“还不错啊，至少，不算太差。”

“谢谢。”周生生说，“前两天，我和我太太离婚了。”

“哦，是吗？”陆霏霏显然对这个话题一点不感兴趣，她把头转向窗外，也许那门口哭泣的小女孩更能吸引她。

“我知道你或许没有什么想听的，可是，我就想找个人说说。因为，到今天，我也不知道为什么我们的感情会走到尽头。”

这句话，好像一下子敲中了陆霏霏的内心：“是吗，或许是你不好，或许是她不好。”陆霏霏被自己的话吓到，这个困惑了自己三个月之久的问题，居然被自己两句话就解答了。

“或许是吧，可是，我觉得我还是很爱她的，她应该也没有忘记我。”

“所以呢？”

陆霏霏和周生生的对话在这个时候戛然而止了，因为他接到公司的电话，要立刻赶过去。周生生走后，陆霏霏望着自己那杯香草拿铁，突然觉得什么都糟透了。

【4】

刘滔滔打开朋友圈，看见陆霏霏发的照片，其实他很想把她拉黑，但是尝试了几次，根本做不到。他在地铁上唯一会做的事情就是看陆霏霏的心情，看她到底是开心还是难过，但是他从来不回复，也不会去问候，只是看，心里知道即可。

分手之后，刘滔滔总是习惯十点就睡觉，但周五那个夜里，陆霏霏那通电话让他郁闷了很久。她和同事在衡山路喝醉了，打电话给刘滔滔让他去接她，她的语气还是那么理所当然，好像他们没有分手一样。

刘滔滔打开灯，想起好多个夜里，陆霏霏为了一些小事和他吵架的情景，有时候甚至翻他手机，看他邮箱，陆霏霏的言语中总是带着火药味，这个小女子真的难养也。他们在一起六年，从大学毕业到上海工作，陆霏霏说话从来不饶人，她会嫌弃刘滔滔的内衣有汗味，嫌弃刘滔滔周末打扫的卫生不够彻底，嫌弃餐桌上出现芫荽，她说那一定是喂猪的杂草。

刘滔滔打电话过去的时候，发现给陆霏霏备注的名字还是honey，这一刻，他竟然有些不知道如何开口。陆霏霏已经在那头吐得不成人形，刘滔滔挂了电话，让司机再开快一点。

刘滔滔回想起他们在一起的六年里，陆霏霏很少有表扬自己的时候，他努力从大脑里搜索一点美好的画面，居然那样困难。

刘滔滔在酒吧门口找到陆霏霏，一把把她背到身上，陆霏霏还在吐，刘滔滔也管不了，他背着她走了一路，陆霏霏就吐了一路，她一边吐一边笑，说：“刘滔滔，你错过了刚才那场聚会，你来太晚了。”刘滔滔没有理会，陆霏霏继续说，“他们都说你甩了我，简直是人生最大损失。”

刘滔滔回头，陆霏霏的嘴凑上来，刘滔滔没有闪躲，陆霏霏却没有亲上去：“你想趁我喝醉占我便宜，我们分手了好吗？”

刘滔滔把她送回家，像往常一样开门，是的，他居然还能打开那扇门。他把她放在床上，坐在沙发上，开了一罐啤酒。

他是在凌晨三点左右离开的，走的时候，他留了一张纸条，贴在冰箱上，他说，少喝点酒，下一次不要再这样了，我们分手了。

【5】

陆霏霏在蒋洁家里看美剧，然后顺手打了个电话给刘滔滔，没想到接电话的是一个女人。

“刘滔滔呢？”

“他在上厕所。”

“你是谁？”

这时电话中断，很快换了刘滔滔：“什么事？”

“没什么，本来有个女孩看了你照片说想认识你，不过现在看来没必要了。”

“你还是替自己操心操心吧。”

“谢谢，我根本不用操心，你知道的。”

刘滔滔没有接下去，而是说：“我要去超市买菜了，你还有别的事吗？”

“刘滔滔，你一辈子就只能做下厨房的男人！”

【6】

陆霏霏再给刘滔滔打电话的时候，号码已经变成了空号，她坐在周生生的对面，原本想约刘滔滔出来，让他看看自己的新男朋友，但是好像怎么都约不上了。周生生问陆霏霏是不是还要等人，陆霏霏摇了摇头。

这时服务员端上川菜馆的招牌菜，水煮牛肉，上面浮了一层芫荽，陆霏霏皱了皱眉，周生生却夹着混了芫荽的牛肉到她碗里。

她第一次吃了一口芫荽，她想知道刘滔滔为什么会这么喜欢吃。

我们只有不在一起的时候，才会懂得爱

海海的手机上有三个电话号码，她把它们分别命名为“can't”“don't”“won't”，这是她曾经最爱的三个人，但是如今都不在身边了。海海记得最初给阿罗命名为“can't”是在2010年那个夏天的夜里。

2008年，她刚刚高考结束，过完十八岁生日，就准备和阿罗前往北京念书，她已经做好了两个人未来五年的规划，甚至没有理会家里人的反对，孤注一掷要离开家乡前往举目无亲的大城市。

而就在她收拾好行李准备好出发的前一天晚上，给阿罗打电话，却怎么也打不通，阿罗的电话一直处于“你所拨打的用户暂时无法接通”的状态，导致她一直担心阿罗是不是出了什么事。她连夜坐车赶到阿罗乡下的家里，阿罗蓬头垢面地开门，看见她，竟然说不出话来。

“怎么了？”

“没什么，海海，有点事我想还是得和你说。”

“什么事？”

“我其实把志愿改过了，我可能不去北京了。”

海海那天晚上就一个人走在田间，一边走一边哭，阿罗没有追她，也没有挽留，海海只知道他和另一个女生约好了去成都，便再也没有追问下去了。

那天夜里，她甚至想到了自杀。

十八岁的那一夜，是她人生中最煎熬的一夜，她蹲在马路中间，希望有车轧过来，让她当场死亡，一了百了，阿罗可能心中还会愧疚一辈子，这样就死得其所了。可是那个晚上，乡下一辆车也没有，偶尔飞驰过的摩托车，在看见海海之后，大骂了几声后也扬长而去。就这样等到天亮，她失魂落魄地去坐汽车回家，没有及时赶上去北京的飞机，窝在家里不想上学了。

她睡了三天三夜，父母担心极了，她反锁着门，家里人总是担心她做出什么想不开的事情来，老妈在她房间门口哭了三天，一家人茶饭不思。海海窝在床头，想着阿罗一个人给自己带来的痛苦，居然要全家人来承受，心下不忍。她咬着牙，开了门，抱着老妈狠狠地哭了起来，哭过之后，她说饿了，老妈立马跑去厨房给她煮了一碗面。

海海前往北京之后，试图忘掉阿罗，但是发现事情并没有想象中那么简单，她发现阿罗几乎无孔不入，不单单是手机、QQ、人人网、空间、微博，各种当时用到的社交软件和网站都是阿罗的身影，那些被她设置为特殊好友的阿罗页面，只要一有动态就会马上跳出来。

她终究心软，忍不住给阿罗发信息，说一堆貌似洒脱，其实根本余情未了的话，她说，做不了恋人，做妹妹也好啊，我会一直陪在你身边，只要你幸福就好了。

多年之后，海海依旧记得自己十八岁做过的傻事，她一边哭一边给阿罗写信，但实际上，阿罗一封也没有回过，短信多半也只是敷衍了事，“哦”“噢”“喔”之类的。

海海在北京的日子，总有些孤单，想起高中时候和阿罗在学校的一点一滴，再看到他如今和另一个人的合照、分享的心情，只觉得刀刀溅血。她也想过报复，通过朋友拿到了阿罗现女友的联系方式，说一些恳求的话，再说一些诋毁的话，最终只是惹来阿罗的嫌弃，阿罗说，海海，你不要再像一个孩子一样，做一些幼稚的事情。

那时候海海在图书馆里看书，无意中看到了寒山和拾得的对话。

寒山问拾得："世间有人谤我、欺我、辱我、笑我、轻我、贱我、骗我，如何处置乎？"

拾得答道："忍他、让他、避他、由他、耐他、敬他、不要理他，再过几年你且看他。"

海海顿时醍醐灌顶，也是一念之间，她删掉了阿罗的电话，花了一整天的时间，清除了所有与阿罗的联系，而她就此在阿罗的世界里消失了。

海海与阿罗断了联系的第二天，好像获得了新生，重新开始了自己的生活，她顿时觉得阿罗或许原本就不属于她。

海海在大学四年里参加各种活动，上杂志上电视，能够争取的她都去争取，最终在亲朋好友中小有名气。她所做的一切一方面是为了让自己充实起来，忘记阿罗，另一方面是她希望自己能够有一天直面阿罗时，趾高气扬。

她就是在这种情况下遇见晓俊的。她被学校举荐去上海参加活动，晓俊也是某个学校的代表之一，他一眼看中了海海。聊天中，海海发现晓俊居然是自己的读者，那些发表在杂志上的伤春悲秋居然也有人欣赏。晓俊说这次活动是他发起的，他爸是某某大学的校长，当时海海听了只是笑笑，并没有想太多。在上海的那一两周，晓俊带着海海到处玩，终于在某一天，他提出了交往的要求。海海自然没有答应，想着爱情不能随便开始，也不能轻易承诺。晓俊有些失望，但还是告诉海海，如果她想通了，随时给她打电话。

回北京的途中，海海突然接到一通陌生号码打来的电话，电话接通之后，那一头一直沉默着，海海的大脑里一闪而过的是阿罗的样子，海海又喂了两声，那头就挂断了电话。上飞机后海海一直惦记着这个事情，下了飞机，便看到那个陌生号码发来的短信，只有三个字，还好吗？

海海没有立马回那条信息，也没有删掉，她自然知道是谁问出这样的话，她在夜里，悄悄地用小号去看了阿罗的空间，才发现阿罗删掉了所有的东西，她知道，阿罗出事了。她按那个号码打了过去，阿罗的声音浑浑噩噩的，听起来一点精神也没有。

“阿罗？”

“对啊，海海，还好吗？”

“嗯，你呢？”

“凑合吧。”

海海没有想到那一聊便是一夜，阿罗给她讲述了自己与女友在成都的经历，那个女生劈腿，竟然有三四个男友，一面用阿罗的钱，一面又和其他男人混在一起。阿罗开始假装不知道，其实已经有很多人跟他说了，但是他还是忍着，最后终于正面撞见，那女生竟说出了阿罗给不了她未来的话。阿罗和她恋爱的这些年，用光了所有的钱，在学校还挂了无数科，毕业都成了问题，而那女生就这样拍拍屁股走人，再也没有找过他。

明明是阿罗的事，海海却在电话的这头哭，阿罗说，你别哭了，我是活该。

海海想起两年前在图书馆看到寒山和拾得的那场对话，像是一语成谶。阿罗说，海海，你会原谅我吗？海海没有说话，她知道阿罗是什么意思，她也明白自己内心在此刻有何冲动，只要阿罗再多说几句话，她或许就会回到他身边。就是这个时候，海海挂断了阿罗的电话，然后关了机。

她把自己捂在被子里，放空大脑好好地想了想。等到一个小时过去了，她打开手机，看到阿罗打过来的未接电话，便给阿罗的电话命了名，叫“can't”，因为不能，不能回到过去，所以不可以听，不可以接受，也不可以心软。

那年的冬天特别的冷，海海只要一走出宿舍，就感到寒风刺骨，阿罗之后又发来好多信息，她却越来越麻木，她顿时明白当年自己发那些信息阿罗从来不回的原因，她把手机调成了静音，静静地走进图书馆里。

圣诞节到来的那天，她接到晓俊的电话，晓俊说，我在你们学校门口，相信吗？海海以为他开玩笑，没想到真的在校门口遇见他。那天北京下着雪，晓俊穿着连帽羽绒服，远远地就冲她笑。她至今还记得那天傍晚晓俊在雪中的模样，他站在大树下，搓着双手，跳着脚，俊朗的外貌却在此刻看起来很滑稽。晓俊不是海海喜欢的那种男生，他太好看，有些不真实，特别是对自己长相一点不自信的她，更是没有理由相信晓俊曾经和自己表白过。

那天晓俊送给海海一盒费列罗，一盒有三种味道的费列罗，那是海海第一次吃。他和她坐在学校后门的小餐馆里，点了六盘菜，海海说太多，吃不了，晓俊说，没事，你吃呀，看你多瘦。在海海眼中，晓俊不过是纨绔子弟，仗着家中资本，哪会真诚对待一份感情，可是那天，晓俊对海海说的一番话，确实让海海重新认识了他。

晓俊说他并没有那么受欢迎，即使是接近他的人，不是为了奖学金就是为了保研，很多时候，他都没有真正的朋友。从上学开始，他就一直顶着某名牌大学校长儿子的光环生活，其实很累，他也希望自己能够好好做点自己的事，可是想是想，做起来真的挺难的，但是这一次，遇见海海，他突然觉得什么事情想到就要做，包括这次跷课从上海飞来北京。

不管晓俊当时的话是真是假，至少海海内心很感动。晓俊说，我知道你和其他人一样看不起我这种人，觉得我就是仗着我爸在过日子。海海说，不是的，我只是没有做好接受一段新感情的准备。

他们坐在校门外的饭店里彼此交换心事，海海也告诉了他关于阿罗和自己的故事，晓俊听后微微叹了一口气，他说，我说我不是那种人，你也不可能相信，但是我觉得，有些事情，不去尝试一下，永远不知道结果。

晓俊很快采取了猛追攻势，各种礼物和温馨的问候，海海原本也不是硬心肠的人，看着那些精心准备的礼物，听着每夜的问候，终于忍不住答应了晓俊的请求。

海海日后想，那时候的自己还是因为一个人太寂寞，所以才忍不住在深夜要多听一个人说话。

有一天，阿罗突然打电话来，海海看着那个“can't”忍了很久，电话就这样响了一上午，海海终于接起来。阿罗说，海海，你为什么不理我？海海说，没有不理，只是觉得那些无关紧要的话没有必要回。阿罗沉默，海海也沉默，最后阿罗说，你是不是恋爱了？海海说，是。阿罗便呵呵笑了两声。

春节回家之前，晓俊说让海海先去上海玩几天，他已经帮她把机票买好了，海海很听话地去了。那时候晓俊正在念考研班，所以比较忙，只能夜里陪陪她，他给海海找了一家很高档的旅馆，夜里便和海海睡在那里，他摸着海海柔软的头发，像平时打电话一样给她讲故事，晓俊的肚子里有很多有趣的故事，好像永远都听不完。

关灯之后，海海问晓俊，你爱我吗？

海海想不到自己为什么要问出这种话来，可就是在这样夜深人静的时候，她忍不住想要问这么一句矫情的话。晓俊抱着她，吻着她的额头说，傻瓜，当然爱。

海海就像是晓俊供养的金丝雀，在酒店里一边写东西一边等他夜晚的到来，有时候他们深夜坐在路边的饭店里，看上海灯火阑珊的景色，晓俊问她，你喜欢上海吗？海海顿了顿，没有回答。

其实她不喜欢上海，她一直想着如果可以，那就留在北京，如果留不下，便回家。她从来没有想过要在上海生活。这时晓俊微微皱眉，说，你不喜欢吗？海海只是笑，喝完那杯奶茶，就想回酒店了，因为第二天她要早起赶飞机。

海海有一次问晓俊：“如果，如果不在上海，去别的地方，你会去吗？”

晓俊说：“为什么不在上海，除了上海，还能找到哪一个地方比上海好呢？”

海海想说，上海很好，但是不属于我，最后欲言又止，咽下了想说的话。

海海的房间里堆着晓俊送的各种礼物，她心中有种说不出的复杂感情，她不知道这些对于她而言到底意味着什么。

晓俊跷了课，去浦东机场送海海，海海进了安检，回头看晓俊还站在那里看她。她的心里又是难过，又是不舍，但是，海海上飞机前考虑清楚了，她会坦白地告诉晓俊，她不会前往上海工作的，那个地方对她而言太过陌生。

晓俊看到海海发的那条短信，只问了一句话，北京真的比上海好吗？还是，我根本不是你最爱的人？

海海心里很酸，她当然知道晓俊对自己多好，也明白晓俊所说的未来，但是她见过晓俊的爸爸，那种严肃古板的家族对于她而言，压力太大，她不过是小地方人家出来的子女，没有家世没有资本，她知道自己一旦选择前往上海，和晓俊在一起，今后过的是如何寄人篱下的生活。

海海问："如果不留在上海，你愿意吗？"

海海想起王家卫的《花样年华》里，苏丽珍对周慕云说的那句台词，如果有多一张船票，你会不会跟我走。

晓俊说："让我想一想。"海海便知道答案了。

那年回家，高中同学聚会，海海看见了坐在角落那一桌的阿罗，阿罗正巧也看到她。阿罗过来敬酒，故意要和海海喝两杯，海海举起酒杯一杯干了下去，阿罗竟有些吃惊。海海捂着嘴坐回座位，心中却想，为什么眼前这个人，好像变得那么陌生，落魄得与当初那个白衣少年相去甚远。阿罗问海海，你毕业之后回来吗？海海说，应该不回来了吧。那天阿罗喝高了，出门的时候去拉海海的手，以前念高中的时候，每次班上同学聚完会，阿罗也是这样去拉她的手，但是这一次，海海挣脱开了，她说，阿罗，我先回去了。

睡觉前，晓俊发信息来，他说，海海，我想我离不开上海，但是也离不开你。可是你知道，我已经被保送了复旦的研究生。

海海说，知道了。

海海回北京之后没有再联系晓俊，晓俊也没有再联系海海，虽然说着不想去上海，但是真正面对分手这回事，海海心里还是很难过，她把晓俊的名字改成“don't”，是告诉自己，不做，便是不会因为爱而妥协，未来的路很难，但需要一个双方都愿意步调一致的人，而晓俊不是。相比于“can't”，“don't”则更决绝，海海嘴上不说，心里却是万城崩塌，她看着手机上晓俊发给自己的短信已过了时效，那句“知道了”便是最终结果。

海海有时候想，晓俊到底爱自己的什么？是那份才，还是给予自己那些爱让他觉得高人一等？

毕业之后，海海留在了北京，和大多数大学生一样，七拼八凑地与一群不认识的人住在望京附近，上班乘一个小时左右的地铁，再换公交，忙碌一天，再披星戴月地回家，家中除了隔壁男男女女的窃窃私语，再无其他。

在大城市生活的海海，出入高档写字楼，夜里回到贫民窟一样的旧楼房，有时候在夜里睡着，听见身边有人哭，原来是隔壁的小姑娘想家了。海海并没有感觉到孤单，只是日子久了，有些麻木，一个人生活的这些日子，生活变得不规律，有时候夜里想写点东西，也无从下笔，除了长篇累牍的文件，生活已经没有了个人时间。

阿罗打过电话来，问海海在北京好不好，海海说，不算差，心里却是一口一口把委屈吃掉。阿罗说，他也想来北京，问海海愿不愿意收留他。毕业之后阿罗一直没有找到工作，他也想到大城市来闯荡两年。海海说，我这里的地方只够住一个人。她说的是实话，但阿罗只当是委婉的拒绝。

有一天，海海因为没吃早饭，低血糖在办公室晕倒了，阿禾正好路过，把海海扶起来，给她吃了点面包。在阿禾眼中，海海就像是流浪的小猫一样，无依无靠，那一脸的疲惫让人有些心生怜惜。海海说，谢谢，抬头就看见阿禾严肃的神情，那像锋利刀刃一样的目光，让海海不禁畏惧。

而后几天，阿禾频繁出现在海海的视线内，他是另一个小组的领导，脾气不好，海海经常听见他骂自己的下属，所以他那一组也是整个公司离职率最高的。

很快海海的房子到期了，她想问有没有要一起合租的同事，因为转正之后她涨了工资，实在不愿意再住那样的贫民窟。这时阿禾突然找到她，说自己租的房子空了一间出来，在北三环，问海海有没有兴趣。海海没有预料到阿禾会找到自己，想着三环的房子自己能不能承担得起，阿禾说，如果你来，我可以多承担一部分，因为实在不想和陌生的人住在一起。

海海想，自己相对于他而言，就不是陌生人了吗？

海海每次回家，总要经过一条漆黑的过道，一些社会青年混在其中，总不是那么安全。那天，隔壁的小姑娘和她男朋友吵架了，两个人摔了东西，整个房子里的人都听到了，海海只想快点逃离这样的地方。

于是，她答应了阿禾。

阿禾是一个有洁癖的人，所以对整个屋子，他要求非常干净，不能有毛发落在地上。海海平日把自己关在房间也不出来，阿禾有时候做饭，问海海要不要吃，海海婉言拒绝，宁愿到楼下吃小面。阿禾叫她不要把工作关系带到生活中，海海却没有办法完全不顾及。

有天阿禾下班回家，看见海海在吃方便面。他站在门口，悄悄观察她，她自顾自地，完全没意识到阿禾站在身后，背对着阿禾津津有味地吃着。那一刻，阿禾突然忍俊不禁。海海回头，就看见了他。

阿禾说："你都不谈男朋友的吗？"

"暂时不想。"

"为什么？"

"没有为什么。"

海海吃完泡面就回了房间，她突然不想和阿禾说太多的话，因为她怕他那双犀利的眼睛。

夜里，海海突然收到晓俊的信息，晓俊说，你就真的不和我联系了吗？海海望着手机，有些不知所措，晓俊又道，你在杂志上写的东西，我还是会经常看，不过你现在写得很少了。晓俊无缘无故的关注让海海有些受宠若惊，她以为晓俊早就忘了自己，这一两年里，他们各自都有了不同的生活，一切都像是过去式，但那年冬天，他们经历的一切，在酒店的那些夜晚，海海却一点也忘不了。晓俊说，我们还可以重来吗？海海说，我想，不能了。

十分钟后，晓俊回复了一个“哦”，便再也没有下文了，而海海突然哇哇大哭起来。阿禾在门外听到，敲门欲入，海海不肯，说没事，就是压力大，哭哭就好了。阿禾也不再敲门，夜深了，海海哭够了，出去洗脸，才发现阿禾在客厅坐着，开着台灯望着她。

“你怎么还不睡？”

“我怕你自杀。”

“怎么可能？”

“我们公司那些抑郁症都自杀过。”

“我没有你想象中那么脆弱。”

海海洗漱完出来，阿禾还坐在那里，海海说，你明天不上班吗？阿禾唤海海过去，海海走到阿禾面前，阿禾说，如果太累，过来靠一靠，没别的意思，只是借给你。海海咧嘴笑了，说，大叔，只有你还这么老土，这是你那个年代的方式了吧。阿禾依旧保持着严肃的神情，海海以为自己说错话，阿禾久久才说，很老土吗？

海海突然意识到阿禾原来并没有想象中那么难处，从那天开始，海海像是敞开了心扉，越来越能够理解冷笑话体质的阿禾。

有一天，全公司的人去后海喝酒，海海不胜酒力，阿禾就出来挡，同事笑道，阿禾你这算哪门子帮忙，真当海海是你女朋友了？海海脸红成一片，阿禾却解释道，挡酒只能帮老婆挡？我可没听说过，帮妈，帮奶奶，帮姐姐妹妹就不行？我这是帮女性朋友挡，有何不可？大家也懒得再争，开始猛灌阿禾，最后阿禾坐在椅子上，海海说，谢谢。阿禾说，不谢。

毕竟阿禾大了自己五六岁，在海海面前，阿禾就像是一个成熟的大哥，尽可能地照顾海海，海海也不是不明白阿禾的心意，但是就是不愿意说破那一层关系。海海知道，现在的阿禾和当初的阿罗、晓俊一样，正处于相识的最初阶段，彼此没有束缚也甘愿付出，因为没有那层关系，才不会感到疲惫，而阿禾也不止一次问海海，为什么不找男朋友，为什么喜欢一个人，阿禾只想等一个答案，但是海海却给不出。

又是一年圣诞节，海海看着那些甜蜜的情人，想起那盒三种口味的费列罗，而今，却没有人再送给自己了。分开后的这一两年里，每逢圣诞，海海都会想起那年圣诞大雪纷飞的北京城，晓俊从上海突然飞来，带自己去校门口吃那六盘菜。

圣诞那天，海海回到家，阿禾做了满满一桌菜，海海正呼着手，闻到喷香喷香的菜，眼泪在眼眶中打转，阿禾说："过来吃饭吧。"

海海坐上桌，拿着筷子，不知道从何下手，阿禾说，你多吃点吧，这么瘦。海海看着阿禾那张脸，依旧是不苟言笑，但是却早已不似曾经那样冰雪封天。

阿禾吃到一半，说："丫头，有个事儿要和你说。"

海海望着阿禾："怎么了？"

阿禾道："我下个月要被调去菲律宾了。"

海海只觉得心中一涩，哦了一声。

阿禾继续说："我不在，房租会继续交着，你放心住好了。"

筷子在海海嘴边，菜却送不进嘴里，阿禾说："你呀，还是赶紧找个男朋友，女孩子一个，在大北京城里，会孤单的。"

海海低着头，点了点头，眼泪已经落进了碗里。

阿禾继续说："我去菲律宾那边，不知道啥时候才能回来了，想着临走前送你一份礼物，挑来挑去不知道送什么好，想想，干脆做一桌菜。我是四川人，吃一桌正宗川菜可不容易，以后恐怕也没得机会吃了。"

海海看着那碟回锅肉，手却放不下去。

海海抬起头，泪眼蒙眬地看着阿禾，说："你还会回来吗？"

"你怎么哭了？"

“我……”海海丢了筷子，哇哇大哭起来，“你还会回来吗？”

“应该会吧，不过，你也知道，我今年三十二岁了……”

那天夜里海海吃完了那满满的一桌菜，原本欢快的圣诞节，两个人一下子变得沉默，她回房间，阿禾来敲门，海海说睡了，阿禾说，好吧。

海海没有去送阿禾，就像她没有告诉阿禾，她在第二年的年后搬了家，没有继续住那个地方了。海海又回到了一个人生活的状态，只是她也不再和其他人去挤那些廉价屋，找了一个小的屋子，住在五环的位置。

有一天，海海和同事去三里屯，同事的朋友正巧在酒吧唱歌，同事问海海有没有想听的歌，海海说，不知道呢，同事说那就叫朋友随便唱。朋友一开口，海海就灌了一大杯酒，他唱：

早已知道爱情是难舍难离，早已知道爱一个人不该死心塌地，早已不再相信所谓天长地久的结局……

海海接到了阿罗新婚的消息，也接到了晓俊在上海留校的消息，但是，阿禾却再也没有消息，那些在一起的时候，永远看不清的事情，一旦分开就明了了，那些你爱的人，永远不会在你爱的时候珍惜，只有分开之后才明白。

阿禾在离开的那天，给海海发了最后一条信息，只有简单的三个字：不必等。

后记
希望你也有过美好的回忆

Addicted

to

Imperfect You

好了，这会是一篇很短的后记。

虽然我曾经在我自己的一本书里写到，我拿到一本书的时候，最喜欢翻的就是前言和后记，但是这一次，我自己却并没有太多的话想说。

一方面，或许出书对于我而言已经不像早年那样还带着新鲜感和兴奋度，现在往往是觉得，我记录生活中的一段旅程终于又告一段落了。和早些年的作品相比，如今的我已经很难再有繁复的描述，也尽可能避开了矫情的独白。

《我就喜欢不那么好的你》收录了我2014年到2015年里我自认为有意思的故事。有意思是指，每一篇我都尽可能不去重复它们，每一篇的故事里都有着不同的人物和价值观。但是最终我还是要说，这不是我最好的作品，最好的作品永远是下一部，但这一定是我24岁留给自己最宝贵的礼物。

从2015年开始，我的生活发生了很大的变化，我从一个上班族变成了一个培训学校的校长，后来我又放弃了我的学校，专心开始写起东西来。

在这个过程中，我不断地否定自我，又发现新的自我，其实最后，不过是找回了自己最舒适的状态和最想要的生活。

如果要说这样的生活给自己带来了什么好处，细细想来，却真的没有太多。

前几天和朋友聊天，还发出这样的感慨，好像辞职之后反而不像上班的时候那样渴望旅行了，近一年来走的地方屈指可数，或许是当时的热情不再，也或许是因为时间多到我觉得根本不用去珍惜了。然而又并非如此，因为自己是摩羯座的缘故，总是很难将自己放置在完全放松的位置上，一旦松懈，就觉得格外对不起自己。再加上，新的一年里，又认识了很多新的朋友（有钱人？），聊天内容动不动就是买车买房，六位数存款什么的，我觉得我自己真的还是太懒了。

其实这本书早就应该出版了，但却因为我自己的任性一拖再拖，好在最后因为编辑小单的不抛弃不放弃，终于面世了。

在新书出版前，几个朋友在群里聊天，说赌一赌谁的书口碑最差，最差的人赢一万块。当时我想，我赌吧，让我输一万块也好，只要口碑好，哥儿我也不差那一万块钱。

当然这种话不过是开玩笑，但希望大家喜欢却是真的。

感谢每个深夜陪伴我的MacBook，也感谢总是在身后帮我提意见的小陆，还有被我抓着做封面的山川，以及容忍我任性的编辑小单，还有这一年一直陪在我身边的果冻、鲍鱼、茹茹、梦洁、雨辰、月明。

谢谢你们容忍我的小缺点，也谢谢你们喜欢着不那么好的我。

在写下这篇后记的时候，我正是要进入下一段新的旅程了。

下本书，再见。

周宏翔

2016.4.21于上海

图书在版编目（CIP）数据

我就喜欢不那么好的你 / 周宏翔著. -- 南京 : 江苏凤凰文艺出版社, 2016
ISBN 978-7-5399-9224-2

Ⅰ. ①我… Ⅱ. ①周… Ⅲ. ①散文集－中国－当代 Ⅳ. ①I267

中国版本图书馆CIP数据核字(2016)第084235号

书　　名　我就喜欢不那么好的你
作　　者　周宏翔
出版统筹　黄小初　沈洽颖
选题策划　北京记忆坊文化
责任编辑　姚　丽
特约编辑　单诗杰
责任监制　刘　巍　江伟明
封面绘图　排骨chop
插图绘图　排骨chop
封面设计　山川Gabryl
版式设计　山川Gabryl
出版发行　凤凰出版传媒股份有限公司
　　　　　江苏凤凰文艺出版社
出版社地址　南京市中央路165号，邮编：210009
出版社网址　http://www.jswenyi.com
经　　销　凤凰出版传媒股份有限公司
印　　刷　环球东方（北京）印务有限公司
开　　本　880×1230毫米　1/32
字　　数　185千字
印　　张　9.5
版　　次　2016年6月第1版，2016年6月第1次印刷
标准书号　ISBN 978-7-5399-9224-2
定　　价　36.80元